Série A Política das Sombras

O partido, *vol. 1*
A quadrilha, *vol. 2*
O golpe, *vol. 3*

1ª edição | maio de 2016 | 15 mil exemplares
2ª reimpressão | setembro de 2016 | 3 mil exemplares
3ª reimpressão | setembro de 2019 | 10 mil exemplares
4ª reimpressão | dezembro de 2022 | 1 mil exemplares
5ª reimpressão | abril de 2024 | 1 mil exemplares

CASA DOS ESPÍRITOS EDITORA
Avenida Álvares Cabral, 982, sala 1101
Belo Horizonte | MG | 30170-002 | Brasil
Tel.: +55 (31) 3304 8300
editora@casadosespiritos.com.br
www.casadosespiritos.com

EDIÇÃO, PREPARAÇÃO E NOTAS
Leonardo Möller

CAPA, PROJETO GRÁFICO E DIAGRAMAÇÃO
Andrei Polessi

ILUSTRAÇÃO DE CAPA
Zé Otavio

REVISÃO
Naísa Santos
Daniele Marzano

IMPRESSÃO E ACABAMENTO
Viena

Dados Internacionais de Catalogação na Publicação (CIP)
(Câmara Brasileira do Livro, SP, Brasil)

Inácio, Ângelo (Espírito).

O partido : projeto criminoso de poder / pelo espírito Ângelo Inácio ; [psicografado por] Robson Pinheiro . – 1. ed. – Contagem, MG : Casa dos Espíritos, 2016. – (Série A política das sombras ; v. 1)

Bibliografia.
ISBN 978-85-99818-61-9

1. Espiritismo 2. Psicografia 3. Romance Espírita
I. Pinheiro, Robson. II. Título. III. Série.

16–03732   CDD – 133.9

Índices para catálogo sistemático:
1. Ficção espírita : Espiritismo 133.93

Os DIREITOS AUTORAIS desta obra foram cedidos gratuitamente pelo médium Robson Pinheiro à Casa dos Espíritos, que é parceira da Sociedade Espírita Everilda Batista, instituição de ação social e promoção humana, sem fins lucrativos.

COMPRE EM VEZ DE COPIAR. Cada real que você dá por um livro espírita viabiliza as obras sociais e a divulgação da doutrina, às quais são destinados os direitos autorais; possibilita mais qualidade na publicação de outras obras sobre o assunto; e paga aos livreiros por estocar e levar até você livros para seu crescimento cultural e espiritual. Além disso, contribui para a geração de empregos, impostos e, consequentemente, bem-estar social. Por outro lado, cada real que você dá pela fotocópia ou cópia eletrônica não autorizada de um livro financia um crime e ajuda a matar a produção intelectual.

O Acordo Ortográfico da Língua Portuguesa, ratificado em 2008, foi respeitado nesta obra.

O PARTIDO

ROBSON PINHEIRO

Projeto criminoso de poder

pelo espírito

ÂNGELO INÁCIO

[1] Máxima citada pelo então presidente dos Estados Unidos no chamado Discurso da Temperança, que ministrou em Springfield, Illinois, em 22 de fevereiro de 1842 (*The Collected Works of Abraham Lincoln*. Disponível em: <quod.lib.umich.edu/l/lincoln>. Acesso em 28/4/2016).

"Uma gota de mel prende
mais moscas que um galão de fel."

ABRAHAM LINCOLN [1]

[2] Frase pronunciada em discurso no Senado Federal, no Rio de Janeiro (*Obras completas de Rui Barbosa*, v. 41, t. 3, 1914. p. 86. Disponível em: <www.casaruibarbosa.gov.br>. Acesso em 28/4/2016).

"De tanto ver triunfar as nulidades,
de tanto ver prosperar a desonra,
de tanto ver crescer a injustiça,
de tanto ver agigantarem-se os poderes
nas mãos dos maus, o homem chega a
desanimar da virtude, a rir-se da honra,
a ter vergonha de ser honesto."

RUI BARBOSA[2]

SUMÁRIO

PREÂMBULO
Carta do espírito Tancredo Neves à nação brasileira, xii

CAPÍTULO 1
Assim nascem os ditadores, 27

CAPÍTULO 2
O partido, 57

CAPÍTULO 3
Interferência da justiça sideral, 91

CAPÍTULO 4
Estratégias, 117

CAPÍTULO 5
A Liga, 147

CAPÍTULO 6
Realidade extrafísica, 171

CAPÍTULO 7
Agentes em ação, 201

CAPÍTULO 8
Perante o tribunal das sombras, 231

CAPÍTULO 9
Príncipes da maldade, 257

REFERÊNCIAS BIBLIOGRÁFICAS, 280

PREÂMBULO

Carta do espírito Tancredo Neves
à nação brasileira

Um dos textos de maior repercussão nas páginas que a editora e o autor mantêm na internet, posteriormente publicado também em forma de vídeo, com centenas de milhares de visualizações, comentários, curtidas, descurtidas, compartilhamentos e reproduções, é a carta que, por recomendação do espírito Ângelo Inácio, figura como introdução a esta obra. Além da audiência, também foi grande a controvérsia em torno da mensagem, que ora extrapola o território virtual e passa a habitar o país dos livros. Teria razão de ser a tamanha celeuma, uma vez que tudo quanto faz o ex-presidente eleito é, em síntese, alertar para o momento gravíssimo que o país atravessa, condenar o crime e a desonra, conclamar à retomada de valores nobres na esfera pública, convidar à oração e concitar homens de bem a tomarem parte na vida nacional? Julgue o leitor conforme lhe aprouver. Aderindo-se ou não ao pensamento de Tancredo-espírito exarado nas palavras contundentes a seguir, importa é conhecer os fatos que as motivaram, isto é, os bastidores espirituais — trazidos a público em *O partido* —, que explicam o discurso inflamado a serviço daquela que é, à luz do ensinamento de Jesus, indiscutivelmente a melhor política: despertar a consciência para os valores éticos e a prática do bem e combater o mal.

Belo Horizonte, 4 de agosto de 2015.

Amigos e companheiros,
brasileiros e brasileiras,

NOSSO PAÍS PASSA por momentos incomuns em seu cenário político, econômico e social, mas, sobretudo, por uma crise sem precedentes de ordem espiritual, a qual se faz perceber nos desdobramentos do nosso momento político e na conjuntura socioeconômica na qual estamos todos inseridos e imersos.

Não podemos ignorar as palavras de Allan Kardec ao registrar que "de ordinário, são eles [os espíritos] que vos dirigem".[1] Sob esse pensamento, que traduz a realidade da vida nos bastidores de todas as ações humanas, sabemos que as dificuldades enfrentadas pelo povo brasileiro não são somente da parte daqueles que detêm o poder ou que o veem fugir de suas mãos. Nós enfrentamos, neste momento, um dos casos mais graves de obsessões complexas num âmbito generalizado em

[1] KARDEC, Allan. *O livro dos espíritos*. Tradução de Guillon Ribeiro. 1. ed. esp. Rio de Janeiro: FEB, 2005. p. 306, item 459.

nossa nação. O país passa por uma crise espiritual na qual as forças da oposição ao progresso culminaram com a derrocada de valores e conquistas do povo brasileiro, afetando, em grande medida, as instituições públicas. Tudo isso levando-se em conta que, desde os bastidores da vida, espíritos representantes das sombras, das trevas mais ínferas, têm manipulado suas marionetes — políticos, homens públicos, empresários e homens do povo, desde as pessoas mais comuns até aquelas que, em algum grau, detêm poder ou liderança sobre a multidão e, ainda, as que formam opinião e são capazes de influenciar a situação reinante, a qual, a cada dia, agrava--se a passos claros.

Não podemos desconsiderar que a arma da qual se utilizam os representantes das trevas deste século é eficiente o bastante para minar as forças daqueles que querem acertar, pois formam quadrilhas, grupos de poder para os quais é mais importante permanecer no poder, a qualquer custo, do que o bem-estar do povo e das instituições que zelam por nosso futuro promissor como nação.

Não nos esqueçamos de que, por trás de

homens, estão as hostes espirituais da maldade, que fazem de tudo para saquear os cofres públicos, solapar a economia, fraudar, corromper os valores éticos, assim roubando do povo brasileiro o sono de sossego ou a fé em dias melhores. A estratégia dessas entidades consiste, em larga medida, em promover a desgraça daqueles homens e daquelas instituições que ainda acreditam e representam o bem, a honestidade, a retidão de caráter e os valores que nos tornaram, ao longo dos séculos, a grande nação que somos. É a política das trevas, por meio de suas marionetes encarnadas, a deturpar tanto o significado quanto a razão mesma da ética e de valores nobres e sadios mediante o assassinato da fé do povo, alardeando uma visão populista ao mesmo tempo que encobre sua verdadeira face de estandarte do mal e das forças da escuridão.

Estamos em plena guerra espiritual, na qual o campo de batalhas está cada vez mais próximo de nós, de nossas famílias, de nossas vidas. Não mais podemos pensar num tempo de tranquilidade ou de aparente segurança, pois ninguém está seguro diante dos lobos travestidos em peles de ovelhas com seus discursos preparados para enganar e levar a multidão a erro. Em troca, deixam as migalhas caírem de seus cofres particulares, ou dos cofres e das contas bilionárias das quadrilhas que tomaram de assalto e aparelharam o governo, o país e as instituições que deveriam nos representar.

Mas não estão sós esses homens que assim agem. Como marionetes das forças das trevas, eles representam um forte aparato de guerra que é utilizado a fim de retardar o progresso e fazer com que as instituições do bem sejam afetadas diretamente, pela força, pela arrogância, pelas mentiras e pretensões das quais se valem para fazer afundar o barco da nação brasileira.

A política faliu; os homens públicos faliram; muitas empresas sucumbiram mediante o abuso daqueles que tentam dominar a qualquer custo, e, inclusive, muitos homens de bem, muitas pessoas de boa vontade, iludidas, deixaram-se levar pelas promessas vãs, pelas políticas públicas populistas, com seu idealismo patético a distribuir suas migalhas, que ainda hoje retêm a população mais sofrida na situação de dependência crônica dos programas forjados para iludi-la, visando à ignorância do povo acerca do que se comete nos bastidores. Misérias e bolsas oportunistas são oferecidas à gente pobre mas também aos ricos, enquanto lobos vorazes pilham a economia e buscam se manter disfarçados de ovelhas no comando de uma das maiores nações do planeta.

Não nos enganemos, meus amigos, pois não estamos lutando "contra a carne e o sangue", mas, como disse o apóstolo Paulo, "contra os principados, contra as potestades, contra os príncipes das trevas deste século, contra as hostes espirituais da maldade".[2] Em outras palavras, a guerra não é contra homens, apenas; com efeito, é de ordem espiritual. Nosso discurso não é meramente político, mas de convicção espiritual da realidade dos seres trevosos com os quais lidamos. Quem é inca-

---

[2] Ef 6:12 (BÍBLIA de referência Thompson. Tradução de João Ferreira de Almeida Corrigida e Revisada Fiel. São Paulo: Vida, 1995). As transcrições bíblicas apresentadas nesta obra são extraídas dessa mesma tradução, à exceção das epígrafes dos capítulos 4 e 6 a 9 (cf. BÍBLIA em ordem cronológica. Nova Versão Internacional. São Paulo: Vida, 2013).

paz de perceber a gravidade da hora, o estiramento das convicções e o assalto aos valores em pleno curso, deve-se indagar, honestamente, se sua visão já não está comprometida pelos feiticeiros da hipnose vigente, pelos artífices da derrocada da nação brasileira, dos dois lados da vida.

Por isso, hoje não nos resta uma alternativa plenamente confiável, embora vislumbremos a possibilidade de modificar esse panorama, dando um novo rumo ao nosso futuro. Se, por um lado, não se apresenta alguém que reúna condições genuínas e plenas de representar a nação e o povo brasileiro fazendo frente a esta marca da corrupção que avassala desde Brasília até a base mesma da sociedade — isto é, o povo comum —, pelo menos nos resta a alternativa de optarmos por uma ética ou, quem sabe, pela possibilidade de mudar, uma vez que o horizonte não nos aponta um líder ou uma liderança isenta de chances de perpetuar o erro. Ou, mais modestamente: diante do quadro dramático em que se vê a nossa nação, errar menos já seria de muito bom grado diante do extremo a que chegaram os representantes eleitos democraticamente pelo nosso povo, iludido pelas promessas, as mentiras e as ideologias de um governo dos mais corruptos que a história do Brasil já conheceu. Diante de tamanha manipulação mental, hipnótica e sensorial empregada por aqueles que formaram a quadrilha que nos governa desde os bastidores do Palácio da Alvorada até os bastidores da vida, sem dúvida errar menos já significaria grande avanço.

Nosso momento é grave, não somente economicamente, mas espiritualmente falando. Sobretudo do ponto de vista espiritual, pois sabemos, com o mínimo de perspicácia e observação, que forças ocultas estão em plena concentração na tentativa de afundar o barco da nação brasileira, sobre a qual já foi dito, um dia, que deveria ser o coração do mundo e a pátria do Evangelho.

Segundo podemos constatar, o coração está parando; está enfermo e precisando urgentemente de uma cirurgia moral, ética e espiritual. E é raro que um processo cirúrgico não cause apreensão e seja indolor.

Em caráter emergencial, precisamos nos irmanar em oração, todos os que de alguma maneira querem o bem do povo brasileiro.

Precisamos pedir a Jesus que tenha misericórdia dos filhos desta terra e das lideranças e dos representantes do povo, mas que também sustente os esforços daqueles poucos que resistem e querem acertar; dos que militam em defesa da ética, da justiça, do desmascaramento dos lobos que enganam e enganaram a multidão num momento frágil de sua fé no futuro e utilizaram do poder de barganha para comprar com promessas levianas aqueles que não souberam e ainda não sabem distinguir entre a ovelha e o lobo — este, o bando que governa, distribuindo migalhas em troca de votos e popularidade. Quem sabe, clamar para que os cidadãos sejam capazes de discernir e identifiquem quem deseja ajudar educando e objetiva, de fato, libertá-los da miséria, da servidão da consciência e da ignorância. Precisamos nos reunir em oração, mesmo aqueles que, de alguma maneira, ainda se deixam levar pelas promessas que já se mostraram vazias e pelo idealismo disseminado em nome desta política desumana, que com certeza não tem sua origem nos dirigentes espirituais da nação, mas nas hostes da maldade, nos representantes da escuridão que estão encastelados nos corações daqueles que, em troca do sofrimento do povo brasileiro, tentam dominar e perpetuar-se no poder a qualquer custo.

Nosso convite é para orarmos, juntarmos nossas energias e possibilidades espirituais, e não somente vibrações, para que nos pronunciemos cada vez mais. Que tenhamos a coragem de sair de nossos lares, de ir às ruas, de nos manifestar pelo bem e pelo direito, pela vitória da ética e da dignidade. E não falo aqui a favor ou contra partidos políticos, mas a favor do bem, da justiça e das conquistas de nossa nação.

Que possamos descruzar os braços, sair do comodismo diante dos acontecimentos, buscando nos pronunciar de algum modo, a fim de não darmos ainda mais razão ao pensamento de que, se o bem não domina, é porque "os bons são tímidos"[3] — ou fracos. Sem que se ergam os cristãos como dantes se ergueram perante as arbitrariedades dos ímpios, que culminaram nos circos romanos da Antiguidade; sem que nos mexamos e faça-

---

[3] KARDEC. *O livro dos espíritos*. Op. cit. p. 526, item 932.

mos a nossa parte — muito mais do que simplesmente rezarmos e pedirmos ajuda ao Alto, sabendo que todos somos a ajuda que o Alto envia para agir no momento de crise —; sem isso, se não agirmos e formos proativos, seremos apenas uma voz rouca que, aos poucos, será silenciada em meio à multidão dos que sofrem e do poder dos marginais a serviço da escuridão. Seremos apenas miseráveis, escondidos em nossas casas de oração, batendo no peito a clamar socorro, escondidos com medo de nos mostrar em nome da causa do bem pela qual todos deveríamos nos expor e mostrar que, juntos, podemos muito mais!

Não se acanhem, não se iludam. Estamos em plena guerra espiritual, e, numa guerra, onde estarão os representantes de um reino em tudo superior aos reinos falidos dos homens e dos representantes das sombras?

Oremos, sim, rezemos mais ainda, mas sobretudo nos posicionemos, em nossas redes sociais, em nosso círculo de ação, em nossas famílias, no trabalho e na sociedade, enquanto é tempo — antes que seja levantada a bandeira da escuridão a substituir a do bem no seio do Brasil. Esteja de que lado estiver, defenda você qualquer ideologia que defender, qualquer partido político ou religião, saiba que você não está fora dessa luta e, se não se posicionar urgentemente, será arrastado pelo caudal das lutas e provações que já se avizinha da gente brasileira, ocasionado pela política desumana e sombria dos seres das trevas e de seus representantes políticos no mundo.

Relembrando o pensamento de Edgard Cayce [espírito], numa de suas profecias modernas: nenhuma instituição, nenhuma família, ninguém ficará isento de passar pelas lutas e pelas provações coletivas que se abaterão sobre a nação neste momento grave de provas a que serão submetidos o povo brasileiro e o mundo em geral.[4] Portanto, em nome do bem, em nome da justiça, em nome da ética e da sobrevivência de nossa nação, dos valores morais e das conquistas sociais, em nome de Jesus, que representa a política divina do Reino, convocamos você a se pronunciar, a se mostrar, a mostrar a sua cara e

---

[4] Cf. "Os tempos do fim". In: PINHEIRO, Robson. Pelo espírito Ângelo Inácio. *A marca da besta*. Contagem: Casa dos Espíritos, 2015. p. 120-170.

sair do comodismo de sua poltrona; a sair às ruas e gritar, falar, divulgar nas redes sociais que nós, os que acreditamos num mundo melhor, não compactuamos com a situação, a posição e as atitudes de franco desequilíbrio espiritual, social, político, tampouco com o desrespeito como vem sendo tratado o povo brasileiro nos últimos tempos. Precisamos formar um feixe de varas, estar juntos, embora não fundidos, mas, sobretudo, precisamos nos unir no propósito de enfrentar as hostes da maldade instaladas em Brasília e nos bastiões do poder em todo o território brasileiro. A bandeira do bem e da justiça urge ser hasteada, e os bons, os que dizem representar o bem, precisam sair de seu ostracismo e mostrar que realmente representam uma política divina, e não a política humana marcada pela corrupção dos valores e da fé.

Robson Pinheiro pelo espírito Tancredo Neves, na companhia dos espíritos José do Patrocínio e Getúlio Vargas

ASSIM NASCEM OS DITADORES

"Este, pois, é o escrito que se escreveu: MENE, MENE, TEQUEL, UFARSIM. Esta é a interpretação daquilo: MENE: Contou Deus o teu reino, e o acabou. TEQUEL: Pesado foste na balança, e foste achado em falta."

DANIEL 5:25-27

RÊS VULTOS com trajes que lembravam uniformes militares surgiram no Eixo Monumental, sobrevoando as vias largas do coração de Brasília para, logo em seguida, pousarem suavemente, como se fossem excelentes paraquedistas, próximo ao Panteão da Pátria. Naquele momento, todas as atenções se voltavam à Praça dos Três Poderes, isto é, às ações que tomavam corpo no Congresso Nacional, no Palácio do Planalto e no Supremo Tribunal Federal, bem como nas demais instituições representativas da vida nacional brasileira no Distrito Federal.

Depois da semana extenuante, do burburinho que se exaltava em todos os departamentos da novela política brasileira, a noite de sábado parecia prometer algum descanso a todos os elementos do grande drama nacional. Mas a noite era apenas uma promessa de trégua na batalha que se desenrolava nos bastidores da vida. Aquela noite também estava chegando ao fim.

Os vultos eram altos, algo acima de 1,90m cada um deles. Eram corpos robustos, de uma compleição condizente com sua altura e que lhes conferia imponência. Um deles tinha cabelos bem curtos, cortados à moda militar, o que combinava com o porte altivo, o rosto sério, de feições marcantes e graves, que denotava senso de compromisso e força moral inquebrantável. Vestia uma farda cujas calças se assemelhavam a certas bombachas usadas por forças armadas do passado, porém, era feita de um material desconhecido, que se iluminava à medida que ele caminhava ou levitava, conforme a situação lhe exigia ou permitia. Outro era negro, também muito imponente, de olhos escuros e traços longilíneos. Esguio, era elegante ao extremo e dotado de uma mente aguçada e de um poder de concentração quase sem limites. Podia deslocar-se com a velocidade de um guepardo das savanas africanas ou ficar à espreita com a mesma discrição daquele felino quando busca sua presa. Era uma figura verdadeiramente impressionante. O terceiro era loiro, tinha cabelos arrepiados, talhados à moda jovem de meados do século XX, à escovinha, no apogeu de seus dias de pretendida glória; com olhos claros, acinzentados, lembrava alguém do Leste Europeu e tinha um porte que não deixava nada a dever aos demais. Seus olhos pareciam refletir outras paragens, embora sua mente estivesse focada nos problemas que enfrentavam e enfrentariam em breve.

À sua frente, a apenas alguns quilômetros, observavam com olhos aguçados e visão espiritual extremamente dilatada os atores de antigos dramas. Agora, porém, estes se albergavam em corpos diferentes e desempenhavam, cada qual, um papel, numa última apresentação no palco da vida planetária antes que seus destinos fossem irremediavelmente selados por suas atitudes e estendessem, diante de seus espíritos, novos caminhos, que os levariam, talvez, a mundos bem distantes, perdidos na imensidade. O burburinho mental e emocional, que não provinha somente da cidade planejada e desenhada na forma de um avião, fazia com que a volitação naquele ambiente fosse quase que impossível. Um emaranhado de formas mentais complexas, de densidade umbralina e quase material, espalhava-se por todo lado. Foi então que se puseram a caminhar rumo ao seu objetivo.

Era época de reunião dos poderes constituídos da República. Lamentavelmente, o caos social e político se estendia rumo às fronteiras do país, de norte a sul. Muita gente se dirigia ao Plano Piloto, atenta aos acontecimentos que determinariam a sorte de milhões e milhões de cidadãos. Como aquelas decisões afetariam a qualidade de vida espiritual e emocional de centenas de milhões de pessoas e tutelados em toda a nação, dos dois lados da vida, era de se esperar que os vigilantes também convergissem para ali. Era a hora de interferir, mais decisivamente, no andamento de um projeto nefasto que, há bastante tempo, era alvo de sua atenção e que constituía uma medida de extremo desespero por parte de entidades sombrias, cujo objetivo era impedir que o país cumprisse seus desígnios. O Brasil estava destinado a ser um celeiro mundial e a irradiar um pensamento regenerador ao restante do globo. Como se não bastasse, não era somente isso que estava em jogo. Havia muito mais questões, que poderiam afetar o continente inteiro, e isso jamais passaria despercebido pelas consciências sublimes que interagem com o homem terreno colimando o progresso. Ademais, a presença dos vigilantes e agentes da justiça sideral respondia ao clamor desesperado de milhões de seres em todo o país e em nações vizinhas, os quais rogavam, imploravam socorro ante a investida da política perversa do anticristo, que havia se disseminado, alastrado seus tentáculos por diversos países no mundo e, de modo especial, na América do Sul. A presença dos emissários da justiça representava a resposta de Deus aos anseios de centenas de milhões de seres angustiados e aflitos.

Barracas erguidas no gramado central da Esplanada dos Ministérios informavam que cada vez mais gente chegava para juntar-se ao clamor e ecoar a voz das massas espalhadas pelo território nacional. Eram dias de exaltação e até de loucura; de lutas densas e disputas oportunistas em busca de poder e dinheiro. Representantes do povo que, na verdade, representavam apenas a si mesmos entregavam-se à corrida desenfreada em busca de popularidade e, ao mesmo tempo, de crescimento de suas contas bancárias. De outro lado, havia aqueles que realmente queriam ajudar, porém, tinham pecados diferentes dos da maioria, o que os fazia alvo de intensas críticas por parte de quem queria errar, dilapidar o patrimônio público, cultural e espiritual da população.

O clima reclamava uma interferência especializada, embora soubessem os vigilantes e guardiões que tudo, até mesmo os resultados esperados, clamados e defendidos pela maioria, tudo dependia da resposta humana às ações desenvolvidas nos bastidores da vida. Nada seria fruto de um milagre ou de uma intervenção unilateral e exclusiva do Alto. Faz parte do ministério divino que o homem seja o instrumento de limpeza e progresso do ambiente que ele próprio contaminou ou degradou. Ou seja, sem a participação dos atores encarnados no palco da vida, não há como o auxílio ser eficaz.

— A ajuda não chegará, assim como a inspiração, àqueles que se conservarem de braços cruzados. Inspiração e auxílio somente chegarão a quem estiver operoso, a quem se pronunciar, participar e se manifestar — falou um dos vultos imponentes, como que pensando em voz alta.

Em dado momento, um dos homens no acampamento próximo pareceu perceber os vultos que caminhavam, sem, contudo, saber exatamente do que se tratava, a princípio. Viu um reflexo diferente, um *flash*, como se fosse de uma câmera fotográfica, mas que durou breves segundos, o suficiente para notar que caminhavam por ali seres de uma dimensão paralela. Ele pegou o celular e fez logo uma ligação.

— Estamos amparados! Chegou auxílio — falava apressado à pessoa do outro lado da linha. — Acho que teremos mesmo de fazer o encontro planejado. Diga ao pessoal que o sinal foi dado e temos gente de peso a nosso favor — e desligou imediatamente. Não divisou mais os vultos, que, àquela altura, já estavam distantes.

Ao mesmo tempo, sombras furtivas moviam-se de um canto a outro da cidade, como se disputassem elementos da mais profunda escuridão, da mais soturna e espessa treva, menosprezada de forma consciente pelos atores que desempenhavam seu último papel no palco da vida planetária.

O homem no gramado voltou a mirar mais atentamente o horizonte, tentando distinguir o Invisível, quando, então, vislumbrou a aura dos vigilantes e guardiões por meio de novo *flash*, uma espécie de reflexo nos edifícios próximos, onde eles passavam. Eram clarões, segundo descreveria, diferentes de um simples reflexo no espelho. Era o sinal de que, a partir dali, haveria intervenção do Alto.

Anteriormente...

LOCAL: Baía de Guantánamo, Ilha de Cuba
AMBIÊNCIA: numa dimensão próxima à Crosta
PERÍODO: meados do século XX[1]

INQUIETANTE MOVIMENTAÇÃO ocorria naqueles dias tumultuados. Encontravam-se 21 grupos de magos negros e especialistas das som-

---

[1] Embora o Centro de Detenções da Baía de Guantánamo tenha sido inaugurado somente em 2002, como parte das medidas implementadas pelos EUA após sofrer o atentado de 11 de setembro de 2001, o local é uma base naval controlada pelos norte-americanos desde 1898. Um tratado firmado entre Cuba e EUA em 1903 estabeleceu o arrendamento da área. Em virtude da época em que se passa a reunião descrita, questionou-se o autor espiritual a fim de confirmar as informações dadas. Especulou-se se porventura os acontecimentos narrados teriam

bras para discutir propostas que visavam ampliar seu domínio e insuflar a sede de poder entre os encarnados, fortalecendo no mundo a oposição aos princípios do Reino de Cristo. Reunia-se ali uma amostra notável de seres de diferentes procedências culturais. Aproveitava-se o ar de sofrimento, de desrespeito à vida e aos direitos humanos, bem como os gritos e o choro rouco dos torturados, para dar sustentação energética ao concílio tenebroso. Ali, a atmosfera de baixa frequência e máxima intensidade concorria para os objetivos mais espúrios. Por todo lugar no ambiente extrafísico, havia sinais cabalísticos inscritos. O sangue de prisioneiros oferecia o ectoplasma necessário à formação da aura de horror e sedução que imperava no lu-

ocorrido em um cárcere, talvez na própria cidade homônima de Guantánamo, de algum dos regimes ditatoriais da ilha, seja antes de os revolucionários tomarem o poder, em 1959, seja depois, quando a tortura passou a ser praticada em escala ainda maior do que antes. Todavia, o autor afastou tal hipótese e reiterou a afirmação de que o uso das instalações da base naval americana como presídio antecede em décadas a abertura do Centro de Detenções.

gar — síntese de uma política em tudo oposta àquilo que Cristo pregara.

Um mago de vestes escarlates desfilava entre os prisioneiros. Vermelho profundo era a cor de seu traje, e vermelho era também o sangue que as torturas derramavam sobre o solo, em instalações longe da civilização ou de seus olhares. O mago era acompanhado por um séquito de soldados, chamados sombras; era a milícia que escudava os inomináveis representantes das trevas. Ele se dirigia ao ambiente extrafísico que margeava um salão onde pessoas eram torturadas sem terem sequer direito de se defender das acusações que recaíam sobre elas. O chão era molhado pelo líquido semicoagulado, rubro e espesso, que exalava um cheiro nauseabundo. Urros de dor pareciam haver se congelado no ar do ambiente astral, de tal modo que figuras horripilantes se esgueiravam por entre as poças mais ou menos viscosas. A angústia dos prisioneiros, que recebiam de capitães da dor o trato inumano, irradiava vibrações pungentes, das quais se nutriam os detentores do poder no submundo.

Um a um, achegavam-se magos de diferentes procedências. Iniciados da antiga Babilônia, pivôs de inúmeros conflitos arquitetados nos bastidores da vida, uniam-se em torno de um propósito diabólico. Magos persas, caldeus e até um rebelde atlante aliaram-se aos demais, formando uma liga de 21 representantes de facções rivais que disputavam o domínio nas regiões do abismo. Além deles, havia dois emissários dos supremos ditadores, os dragões ou *daimons*, cuja incumbência era observar, reportar, mas, também, assegurar que não se usurparia a primazia que seus senhores reivindicavam sobre os poderes do mundo. Era, portanto, uma reunião de principados e potestades que queriam, a todo custo, disseminar sua política e exercer controle até sobre os confins da Terra.

Um espectro, ou chefe de legião, olhava a todos com olhos fumegantes, exibindo seus dentes pontiagudos, como lascas, à medida que se regozijava ao sorver ectoplasma, que, ali, não precisava roubar; o ambiente da base de Guantánamo dispunha do alimento precioso com fartura e o oferecia a quem quisesse dele se abastecer. O lugar era, na realidade, um antro dos chefes de legião; um posto de nutrição permanente, inspirado por eles, a fim de que se fartassem do componente ectoplásmico oriundo das torturas infindas e embebido no devido clima de maldade, perfídia e vingança característico dos pensamentos reinantes.

O mago deslizou junto com sua comitiva pelos corredores de dor e assentou-se numa cadeira de espaldar alto e linhas medievais, em cuja estrutura se viam sinais cabalísticos e signos de poder. Ninguém ali ousava se colocar contra a vontade do mago mais antigo entre todos, o mais cruel, detentor de força mental irresistível. Os próprios espectros curvavam-se à sua autoridade satânica, na medida em que se lembravam dos próprios *daimons*, ora confinados ao abismo pelos emissários de Miguel, o príncipe dos exércitos celestes.[2] Aquele mago não contava, porém, com o fato de que um agente duplo se infiltrara ali, a serviço dos guardiões planetários. Era alguém que se convencera de que sua trajetória precisava se modificar. Não era um espírito superior, não! Era um sujei-

---

[2] Cf. Dn 12:1; Jd 1:6,13; Ap 12:7-9. Cf. PINHEIRO. *A marca da besta*. Op. cit. p. 510-616.

to cheio de erros e condutas reprováveis, mas que, em retribuição ao apoio recebido, oferecera-se para ser útil de alguma forma. Imiscuía-se entre os celerados e trazia informações que, no futuro, poderiam beneficiar os sentinelas do bem.

Assentou-se o melífluo ser. Abriu-se a reunião, abriram-se os registros.

— Senhores, principados e poderes aqui representados — falou com voz gutural o mago, que irradiava de si uma aura inquietante, iluminado por rajadas vermelhas e negras, talvez mais negras do que a densidade de sua alma milenar. — Estamos aqui para inaugurar uma nova era em nossos domínios. Há mais de 30 anos, temos estudado o momento ideal de lançarmos determinada ofensiva sobre o mundo dos mortais.

"As guerras em âmbito mundial não bastaram para matar a esperança do homem, nem mesmo para deter o movimento de renovação de ideias, o qual, ante nosso propósito, representa a ameaça mais perigosa que já surgiu neste planeta. Junto disso, não podemos ignorar que o período de juízo deste mundo está em pleno andamento. É forçoso admitir a realidade infeliz: não está a nosso alcance impedir o cumprimento da lei que, em breve, será aplicada determinando que sejamos banidos deste mundo odioso.[3]

"Portanto, vamos ao que nos interessa mais de perto: boicotar os planos de progresso é crucial, instilando ideias geradas em nossa corte que levem os homens a fundarem um reino diferente de todos os anteriores. Ambicionamos uma política realmente infernal, que tenha por objetivo confundir ricos e poderosos e também a massa, esta última, já acostumada a ser manipulada por quem pode mais do que ela."

Outro mago foi indicado para descrever o projeto concebido nas profundezas do abismo:

— Trago comigo o resultado de uma pesquisa realizada ao longo de mais de 50 anos. Represento um grupo de especialistas que foi capaz de identificar elementos de nossa horda que, uma vez já estando no mundo físico,

---

[3] Cf. PINHEIRO, Robson. Pelo espírito Estêvão. *Apocalipse*. 2. ed. Contagem: Casa dos Espíritos, 2005. p. 231. Cf. "Juízo final". In: KARDEC, Allan. *A gênese, os milagres e as predições segundo o espiritismo*. Rio de Janeiro: FEB, 2011. p.507-511, cap. 17, itens 62-67.

podem servir como veículos privilegiados de nossos interesses entre os homens.

A aura do mago irradiou uma tonalidade roxa e raios verdes, denotando o estado de espírito e o tipo vibracional que exalava de sua alma. Continuou a entidade malévola:

— Pessoalmente, me envolvi com certa classe de encarnados. Eles se julgam a própria personificação do bem e querem a qualquer custo um tipo de política humana que fale de valores como igualdade, da leitura que fazem do Evangelho e da piedade divina, tendo como foco o que chamaremos de justiça social. Imaginam um reino humano como uma espécie de aventura romanceada e esperam que seus representantes inaugurem um período de pacificação, pautado por gentilezas políticas e um discurso inspirado por emoções e bandeiras como tolerância, resgate da dignidade e direitos humanos. Aguardam ansiosamente e clamam até pela ampliação de certas conquistas de natureza social e pela concessão de mais e mais benesses de caráter humanitário. *Direitos* é uma palavra-chave para as pessoas nesse meio, que se comprazem em advogar as causas dos ditos pobres e oprimidos, bem como de qualquer grupo que identifiquem como vítima do egoísmo e da ganância reinantes no mundo. Nesse contexto de santidade generalizada — pôde se escutar algo similar a um riso do mais puro sarcasmo na pequena plateia —, caríssimas autoridades satânicas, acredito que devemos aproveitar os anseios da multidão e de certa classe intelectual para lhes apresentar o nosso plano.

— Sei de sua dedicação a tais pesquisas, eminente duque das regiões ínferas, mas como concretizaremos nosso projeto de sedução social, de política antitética no mundo, se dependemos de agentes entre os mortais encarnados, como bem lembrou Vossa Alteza?

Distribuindo arquivos que continham pormenores da pesquisa encomendada aos especialistas das sombras, o duque das hostes da maldade respondeu, na condição de quem conhecia detalhes ainda estranhos aos demais:

— Soubemos de uma iniciativa dos agentes do Cordeiro em que pretendem relocar espíritos das regiões em que vivem, transferindo-os a outros lugares do globo. Nossos especialistas estão de olho em nossos representantes, tanto nos que morreram durante as duas grandes guerras recentes quanto em outros que ainda estão no poder na velha Europa, mas, dentro em breve, devem ser despachados para nossa dimensão, além dos que já renasceram. Como todos eles exalam um tipo de energia que aprendemos a rastrear, mesmo encarnados em outros continentes não podem se esquivar de nós — e é isso que torna nosso projeto viável. Já identificamos, no plano dos homens, cinco de nossos aliados e mais de 70 seguidores seus. Dos cinco, um deles está exatamente com 1 ano de idade, outro tem 3 anos, e, assim como os demais, também na fase infantil, todos estão abertos à nossa influência no novo corpo físico.

"Apresento-lhes, senhores, um dos nossos especialistas" — apontou para um de seus subordinados, que logo se elevou na atmosfera ambiente. Nem todos ali eram capazes de tal feito, o que explicava o gesto de afirmação e revelava o domínio de certos conhecimentos. O mago mais antigo, que era o mais respeitado e temido entre todos ali, olhou-o com olhos fumegantes, cintilando de ódio, mas, assim mesmo, conteve-se, ninguém saberia dizer por quê.

— Eminentes príncipes das sombras deste século — iniciou o especialista na assembleia dos magos negros —, fui incumbido de identificar nossos aliados em novas roupagens, em novos corpos físicos. Para nossa satisfação e a confirmação do êxito de nossas ideias, eles não tiveram tempo de modificar disposições íntimas, embora alguns dos pais atuais talvez representem obstáculo aos nossos planos. Também verificamos, depois de um bom tempo observando os aliados no mundo, que eles não detêm mérito nem apresentam condições espirituais que facultem a companhia ou a mera presença de emissários do Cordeiro a seu lado, pois trazem a mente ainda aferrada aos atos praticados na última existência. Benito Mussolini [1883–1945], Josef Stalin [1878–1953] e Vladimir Lênin [1870–1924] estão novamente corporificados na América do Sul, e já os identificamos vibratoriamente. Ao que tudo indica, foram relocados devido à hora crítica pela qual passa a Europa, que está em plena reurbanização. Nossas pesquisas sugerem que talvez estejam diante de sua última corporificação na Terra. É oportuno citar, ainda, Rosa Luxemburgo [1871–1919], cuja infância é vivida em terras brasileiras, a qual é acompanhada de perto por um especialista. Ela e muitos outros, noite após noite, são submetidos por nossos agentes à magnetização e, também, à hipnose.[4]

— Algo que não é difícil de realizar, altezas da escuridão — tornou o mago que cedera a palavra ao técnico —, uma vez que eles não são meramente influenciados por nós, mas, sim, integrantes de nossa falange, nosso partido. Em que pesem a nova encarnação e a relocação em outro continente, permanecerão como nossos fiéis representantes, pois trazem na memória, vividamente, o papel que desempenharam nos acontecimentos mundiais.

— Exatamente, eminentes príncipes — re-

---

[4] Indagado a respeito, o autor espiritual afirmou que não só as personagens citadas, mas várias outras personalidades influentes da época tiveram reencarnações consecutivas com breve intervalo entre elas, na erraticidade, até mesmo de meses, em alguns casos. Mais: não apenas compareceram à reunião narrada ou outras do gênero, mas houve quem delas participasse já nos anos finais da encarnação proeminente, colimando projetos para a existência subsequente.

tomou o especialista. — Eles fazem parte de nossa aliança, e, por isso mesmo, nosso trabalho consiste menos em doutriná-los e mais em trazer à tona o conteúdo de suas memórias espirituais. Afinal, são nossos parceiros, entre tantos outros, desde os idos da Segunda República na França [1848–1852]. Principalmente Rosa Luxemburgo e Lênin já deram mostras de fidelidade incondicional quando estagiavam entre nós, nos períodos entre vidas. Além disso, os seguidores amealhados por nossos próprios aliados também foram varridos do ambiente da Europa, mas tiveram como destino principal a América do Sul, razão pela qual estou convencido de que esta assembleia acerta ao voltar seus interesses para a região. Tudo reitera que teremos forte apoio entre os encarnados.

Dessa vez sob o olhar de aprovação do mago principal, outro ser das sombras assumiu a tribuna, que fora preparada especialmente para os expoentes da política inumana falarem e apresentarem planos de triunfo e subjugação:

— Lordes e príncipes da maldade, potestades e poderes aqui presentes, Vossa Magnificência — fez especial deferência ao reitor dos magos, inclinando ligeiramente a cabeça ao lugar de destaque onde ele se assentava.

— Eminentes divindades das sombras, apresento-lhes nosso projeto de dominação.

Depois de sabujar os soberbos da escuridão mais sombria, iniciou efetivamente:

— Nosso objetivo é impedir o avanço das ideias espiritualizantes, é retardar ao máximo o progresso do mundo, é assegurar o controle sobre os países e os blocos de poder atualmente delineados nesta maldita Terra. Sabemos todos que é imperativo reinar de forma perene e que não há como alcançar o domínio das consciências sem lançar mão da força e da violência, de uma maneira ou de outra. Para os membros de nosso partido, essa realidade é claríssima, bem como para nossos bastiões no plano físico, aliados de longa data. Contudo, a ideia original de nossos arquitetos do pensamento político é se valer dos anseios da multidão a fim de angariar maior número de adeptos para a nossa causa, dissimulando ao máximo nossos métodos, ao menos perante aqueles que alimentam qualquer tipo de pudor ou ilusão idealista. Ao elegermos e propagarmos objetivos nobres, segundo julgarão, aglutinaremos em torno de nossos propósitos artistas, pensadores e até religiosos e espiritualistas bem-intencionados, que defendem um reino de amor e paz na Terra, uma utopia que nos pode ser muito útil. Nossa mensagem falará à emoção, arrastará os corações, e, no caminho, desvirtuaremos a tal ponto a ética fugaz que professam e os frágeis parâmetros a os guiar que logo atingiremos um momento no qual defenderão quaisquer de nossas práticas, até as mais espúrias, bastando para isso que sejam em nome da utopia e do lema que esposaram. Não terão coragem de abandoná-las ou renegá-las jamais, pois não suportariam o golpe sobre o próprio ego — afinal, são fracos e covardes como todo idealista. Caso ameacem despertar, serão reféns de si mesmos, pois estarão confortavelmente acomodados nos braços da sereia que os envolveu com nosso canto irresistível. A estratégia é infalível!

"A pauta política que difundiremos trará em seu bojo valores de certa leitura da boa nova, do que é bondade, compaixão e amor ao próximo, de acordo com a interpretação feita por cristãos de variadas procedências e denominações, notadamente pelos desiludidos, tanto quanto por adeptos de espiritualidades pessoais, dos mais diversos matizes, que se veem como gente do bem. Assim, ganharemos quase todos, numa única jogada, uma vez que não perceberão jamais a origem real dos pensamentos insuflados e desenvolvidos por nossos aliados encarnados. Abusaremos das promessas de realização social, de direitos da cidadania, de erradicação da pobreza — nesta hora, ecoou no ambiente um riso gutural, de origem indistinta. — Tudo colima nossa tática: de um lado, seduzir os 'bons' por meio do discurso; de outro, alimentar a massa com migalhas, mantendo-a submissa a nossos intentos, enquanto usamos todos como aliados, sem que o suspeitem.

"Como sabemos, Vossas Altezas, digníssimas divindades maléficas do lado escuro, é necessário semear uma ideia e desenvolvê-la ao máximo, a fim de engendrar nos países-alvo um tipo de doutrina política que corresponda à nossa vontade e dê cumprimento ao nosso projeto perene de poder. Como podem notar, para ter êxito, essa filosofia de poder deve contar com entusiastas e apoiadores de diversas categorias e classes sociais entre os encarnados; ela não sobreviverá se depender exclusivamente de nossos aliados tradicionais. Espalharemos essa ideologia, não tão nova, mas, agora, revestida em nova roupagem, entre professores e educadores — classe fundamental —, bem como entre jornalistas, intelectuais e formadores de opinião, que farão cada aspecto dela ser venerado pela multidão, tanto pela parcela mais esclarecida quanto pela massa arrojada na pobreza. Aliás, acentuo que o combate à pobreza, por meios inócuos ou cosméticos como a distribuição de riqueza, será uma das maiores bandeiras fincadas em qualquer país onde nossa filosofia deverá alistar seguidores.

"Por último, é evidente que não podemos permitir que grupos adversários, por qualquer meio, do presente ou do futuro, ousem ameaçar o poder que conquistaremos de modo gradual, mas robusto. Instigaremos nossos intérpretes a serem impiedosos ao amaldiçoarem, denegrirem, deslegitimarem, difamarem, rebaixarem, caluniarem e atacarem seus inimigos, por todos os meios possíveis, e serão persuadidos a empregar a violência mais pérfida, dissimulada e inescrupulosa, porque, afinal, as atitudes estarão supostamente imbuídas da luta do bem, que eles personificam, contra o mal; dos pobres contra os ricos; dos humildes contra as elites; das vítimas contra os algozes de todas as épocas."

O estrategista conquistou a atenção de todos ao apresentar o resultado de suas investigações e elucubrações, embora aquelas propostas já fossem conhecidas pelo espírito mais perigoso entre todos os presentes.

Um dos magos, membro de uma facção milenar de procedência cultural do Oriente Médio, participava da assembleia de inteligências da escuridão. Artífice da política inumana, ele sorvia a grandes haustos o ectoplasma exalado pelos detentos de Guantánamo, em sua maioria, homens igualmente adeptos do crime, da crueldade e da tortura. Por isso mesmo, dotavam suas vibrações de um sabor todo especial, muito estimado pelos senhores de tudo quanto era lúgubre e funesto. Os demais seguiram aquele gesto diabólico, alimentando-se das emanações impregnadas de sofrimento, angústia e dor indescritíveis. As ideias ali geradas e levedadas eram irrigadas pelo sangue, que escorria pelos corredores e pelas alas de um verdadeiro inferno, nos dois lados da vida.

Não era para menos. Em dimensão ligeiramente aquém daquela em que vibravam aqueles seres hediondos, também ali, e numa conformação muitíssimo mais brutal, havia uma das cidades de poder dos antigos *daimons*, as quais eram dedicadas a manter espíritos de diversas procedências sob seu domínio perpétuo, enquanto lhes impingiam toda sorte de sofrimento moral, extrafísico, emocional e de natureza não concebida pelos humanos encarnados na Terra. Em virtude dessa confluência de forças malignas, as ideias ecoadas ali alcançavam um vigor descomunal.

Já era tarde da noite na Ilha de Cuba quando entraram no ambiente oito sombras, integrantes da milícia dos magos negros. Traziam consigo seus agentes e intérpretes no mundo, àquela altura, reencarnados, mas ora desdobrados mediante o emprego do magnetismo sobre seus corpos sutis. Todos os olhares se voltaram aos visitantes ilustres: antigos políticos, administradores, defensores e asseclas dos senhores da escuridão. Ao todo, formavam um contingente de mais de 140 espíritos, desdobrados durante o sono físico. A maioria se apresentava como criança, pois, no corpo, ainda estavam na infância. Os mais vigorosos e obstinados, porém, os arquitetos e líderes de ideias revolucionárias, ao serem projetados na dimensão imortal, reassumiram o aspecto adulto, isto é, a estampa da existência anterior.

O PARTIDO

"Porque surgirão falsos cristos e falsos profetas,
e farão tão grandes sinais e prodígios que,
se possível fora, enganariam até os escolhidos."

Mateus 24:24

OLHAR DOS MAGOS principais das 21 facções dominantes e de maior importância ali presentes recaía sobre os recém-chegados, que foram acomodados em cadeiras previamente designadas. Pareciam zumbis, com olhos petrificados, à exceção dos líderes, cuja forma espiritual era adulta, ainda que houvessem renascido poucos anos antes, em países da América do Sul e do Caribe. Mesmo estes, que eram subordinados ao concílio tenebroso de um modo ou de outro, pareciam hipnotizados, como de fato estavam. O mago regente, o mais cruel entre todos, esboçou um riso enigmático e de rara vilania. Os poucos fios de cabelo que lhe escapavam da bata, a qual o encobria por inteiro, deixavam transparecer a antiguidade daquele ser, associados à epiderme espiritual ressequida, como se fosse de uma múmia que de repente voltara à vida.

Os membros desdobrados da horda passaram em frente a seu mestre e curvaram-se, em sinal de reverência, como se curvariam súditos perante seus reis e imperadores no passado. O mago assumiu a palavra ante a nova plateia, largamente ampliada, traçando um esboço dos planos com o intuito de atualizar a elite de seres das trevas:

— Não se esqueçam, sumidades do submundo, de que Vossas Senhorias terão um papel atuante no que concerne aos nossos embaixadores no mundo dos vivos. Entre outras incumbências, deverão estudar e descobrir como empregar os ensinamentos do odioso Cordeiro contra seus próprios seguidores, mas sem que o percebam. Eles precisam acreditar piamente que nossos enviados ao mundo são porta-vozes e veículos de políticas que reflitam ou ecoem princípios que lhes agradem. A história já provou que deturpar e distorcer princípios cristãos e espiritualistas é mais eficaz para nossa causa do que combatê-los. Nesse aspecto, a superficialidade dos adeptos quanto ao conhecimento de sua doutrina é nossa grande aliada e deve ser incentivada. Poucos resistem à aparência de bondade, compaixão e amor quando o que os guia são os sentimentos, e não a razão.

A voz medonha reverberava pela prisão enquanto diversos espíritos trevosos a ouviam. Eram vampiros astrais, que se alimentavam da dor alheia e dos resquícios do ectoplasma farto naquele ambiente, embevecidos com as palavras da autoridade máxima das forças da maldade nas regiões espirituais mais próximas à Crosta. O mago prosseguiu, voltando-se sobretudo aos encarnados em desdobramento:

— Em nome do povo mais popular, dos direitos dos mais pobres — pois o apetite por direitos é insaciável —, vocês deverão confiscar a liberdade dos cidadãos dos países onde nossas ideias vigorarem. Não de modo abrupto, para não escancarar as intenções e suscitar oposição, mas sufocá-la aos poucos, por meio de atos concatenados, ainda que aparentemente desconexos. É crucial que a massa seja persuadida de que os advogados e os baluartes de nossa filosofia política estão bem-intencionados. Esse elo é fundamental em nosso programa de domínio das consciências e será alcançado ao nos infiltrarmos decisivamente nos órgãos de educação e imprensa.

Olhava agora diretamente para os espíritos dos políticos da velha Europa, reencarnados em novo ambiente e projetados ali em caráter temporário. Dirigia-se principalmente a eles, flamejante de tão carismático. Continuou:

— Nunca se esqueçam de que jamais poderão trair o partido a que se filiaram. O lado de cá é a realidade que interessa, e estaremos sempre aqui, zelando pelo que nos pertence. Vocês são nossos cúmplices e fazem parte da nossa horda. Tudo de que usufruem foi dado por nós; assim, se querem mais, escutem e aprendam com seu mestre, pois serão recompensados.

"Nossos aliados no mundo deverão se inflamar com a ideia de que são os únicos e os legítimos defensores do povo. Precisam acreditar nisso ardorosamente ao retomarem o corpo e, mais ainda, quando chegar o momento de implementar nossa pauta nos países onde vivem atualmente. Em seus discursos futuros, quando assumirem seu papel diante das multidões, devem convencê-las de que lutamos pelos direitos sociais. Esse é um discurso que convencerá até os religiosos e os famigerados espiritualistas, segundo apontam nossas pesquisas.

"Mais e mais numerosos deverão ser aqueles para quem advogar direitos e bem-estar social; é o gesto mais nobre a adotar, de modo que não compreendam o que verdadeiramente está por trás desse discurso. Com efeito, constatamos ser esta uma das consequências do pós-guerra: o trauma da destruição e da morte em larga escala gerou um movimento que valoriza ser altruísta e bom. Como bondade é uma fraude na maior parte das pessoas, importará mais 'parecer' bom, o que equivale, na prática, a ser 'bonzinho'. Irradiando-se a partir da Europa, o discurso do 'bem comum' ganhará mais e mais adeptos. Nada de pegar em armas: vamos nos perpetuar no poder alegando defender os pobres e os oprimidos. Em todos os países onde temos nos infiltrado, esse terreno é fértil, portanto, nossas ideias são o adubo que fará essa lavoura crescer.

"Entre os encarnados, a técnica para dominá-los sem que o saibam consistirá em falar aquilo que querem ouvir, dando-lhes apenas migalhas, porém, prometendo sempre mais. Lançando mão desse ardil, não há como falhar. Sobretudo para quem romanceia a vida e almeja viver um sonho de paraíso na Terra, 'bonzinhos' de toda espécie, notadamente carolas e espíritas sonhadores, entre outros que preconizam um mundo renovado aqui e agora, a verdade não importa. A verdade não importa! Gravem bem em sua memória: é a mentira que querem ouvir. Portanto, mintam! Mintam com convicção e descaramento, mas sem perderem o ar piedoso e a aura de virtude."

Todos estavam vidrados, ouvindo atentamente a sagacidade do mago, um principado encoberto sob um manto de horror. Àquela altura, sua aura era como um gás que inebriava a todos, em tentáculos esfumaçados, enquanto seus olhos mais e mais ardiam e se enrubesciam.

— No movimento de implantação da nossa plataforma política no mundo, será necessário arregimentar pessoas que tenham pontos de contato com nossos princípios e ideias. Um caminho eficiente é aproveitar o veio de corrupção que existe em cada um dos que, inicialmente, nos combaterão. Procurem dar 100% de atenção, ainda que seja a 1% de corruptibilidade, ganância, infidelidade ou desejo de poder que encontrarem em quem se posicionar como adversário na arena política. Descobrirão que a maior parte está à venda, e esse é sabidamente o melhor método para converter rivais em cúmplices. Quanto aos que nem assim cederem, eis a tática infalível, que já consagramos em passado recente: acusem os inimigos de tudo o que fazemos e negamos peremptoriamente. Sejam impiedosos que eles se vergarão à humilhação pública.

À medida que falava, o lorde das trevas fixava o olhar de maneira incomum, como a hipnotizar seus interlocutores, que respondiam à tenacidade do comando mental.

— Tragam para seu lado pessoas que tenham comportamento antiprofissional, libertário, sem limites; elas já se habituaram a profanar quaisquer parâmetros e, por isso, são muito úteis. Lascivos, vândalos e infiéis acostumaram-se a prostituir a própria consciência, portanto, serão baluartes da doutrina política que propagaremos nesta parte do mundo, que, por ora, é nosso foco. Características assediadoras e vampirizadoras das emoções e do psiquismo alheio também são bem-vindas. Ademais, são potencialmente nossos comparsas todos os que agem como bárbaros, contraventores, desestabilizadores, ególatras e, particularmente entre os pretensos seguidores do Cordeiro, os fracassados da vida passada e os que demonstram notável imaturidade espiritual e mental. Valiosos serão os torturadores e sádicos de outrora, porque permeáveis às nossas ideias tão logo sejam disseminadas entre os humanos. Na hipótese provável de que reincidam nos antigos padrões, serão como cães de guarda, amestrados e ferozes: na coleira, salivam, ladram e amedrontam; soltos, são capazes de estrago certeiro ao cumprirem a ordem de ataque.

"Faço questão de ressaltar, por último: existem parceiros em potencial entre religiosos, principalmente em meio àqueles que se deixam intoxicar por ideais utópicos e revolucionários, que tomam partido dos mais fracos, sem analisarem nem compreenderem, nem mesmo em pequena escala, o verdadeiro sentido e o alcance das nossas posições, tampouco medirem as consequências das práticas que abraçarão com fervor e devoção. Queremos que estes sejam nosso maior trunfo; serão sequazes cegos, um capricho oferecido a mim."

A voz do mago regente era ouvida com nítido deslumbramento, pois ele demonstrava conhecer como poucos a natureza humana, habilidoso estrategista das sombras que era. Por ora silenciou, concedendo a palavra a outro bastião da maldade nas regiões espirituais. Quem assumiu a tribuna não foi um demônio qualquer. Ele arrastava em sua aura o histórico de quem já se aprofundara, em eras remotas, na manipulação da vontade popular de nações inteiras.

— É importante observar que o ressurgimento, na América Latina, de uma doutrina política conhecida — não obstante o novo fôlego e o ar de novidade — trará para nosso lado intelectuais falidos. Assim acontece desde os idos da Revolução Francesa [1789–1799], estão lembrados? Portanto, aproveitemos que muitos dos personagens daquela época reencarnam no momento atual. Apesar de adotarem nova roupagem e novo paletó de carne, ainda permanecem arraigados ao idealismo utópico do passado. Mesmo seu discurso sofrerá apenas ligeira mudança de vocabulário; a pauta central continua sendo a revolução, pois se trata de um mote que ainda hoje fascina multidões embevecidas pela promessa de um futuro redentor. Alguns daqueles e outros indivíduos mais até são bem-intencionados, no entanto, desejosos de reconhecimento e ganho extra, é certo que se dedicarão à defesa de nosso projeto de dominação com gosto e vaidade. Vaidade tal, aliás, que garantirá sua fidelidade longeva.

"Não apenas pseudossábios, mas pseudorreligiosos também estarão a nosso lado. Guardam, em comum, a devoção à utopia; acreditam ser possível um país renovado por meio da vontade política e das atitudes soberanas do governante, a quem elegem, em parte, porque lhes permite sentirem-se como estrelas a orbitar em torno do astro central, o príncipe. Já vimos no passado: renunciar a esse *status* lhes custa tanto que muito dificilmente se põem contra qualquer descompostura ou descalabro. Na verdade, muitos prezam mais pertencer à corte dos sábios e menos dispor de verba para seus ridículos projetos pessoais, embora não a dispensem.

"Saibam, senhores representantes da maldade — se porventura alguém não o sabe —, que nosso objetivo não se restringe à esfera política, no sentido dado ao termo entre encarnados. Como o devir espiritual não nos é promissor, nossa ação deverá empregar todas as forças e ideias capazes de subverter ao máximo o panorama do maior número possível de países. Para tanto, temos de nos basear nos fatos históricos deste planeta, mas também, e principalmente, das nações que farão coro conosco. Cuba, Venezuela, Argentina, Chile, Dominica, República Dominicana, Equador, Peru, Uruguai, El Salvador, Nicarágua e Bolívia apresentarão terreno particularmente fértil para nossa doutrina política.

"O Brasil é o alvo principal, pois, dadas as suas dimensões, arrastará consigo os outros países da região. Além do mais, de acordo com os projetos espirituais do governo oculto deste mundo miserável, esse é um país ao qual está reservado, no futuro, um papel bem-definido. Tenho acompanhado com grande interesse reuniões que espiritualistas vêm organizando em solo brasileiro. Considerando o que ouvi e li de mensagens do inimigo, os que se dizem superiores, bem como os mentores do país, ficou patente que existe um plano segundo o qual a nação se tornará um celeiro de ideias renovadoras, que se irradiarão mundo afora a partir de lá. Sabemos que, quanto mais prosperar esse tipo de pensamento, menos espaço restará para nós e mais depressa seremos deportados, banidos para mundos dos quais rigorosamente nada conhecemos."

Enquanto o ser abjeto falava na assembleia maligna, esboçando os planos de uma doutrina política que representava a deturpação e a prostituição total das ideias do Cordeiro, ainda que revestida de aparente idealismo, outras mentes e outros espíritos asquerosos aproximavam-se, interessados pelo que repercutia nos arredores.

A visão do ambiente extrafísico de Guantánamo era um mosaico de entes das mais variadas categorias das trevas. Sombras e seres incomuns na paisagem habitual dos homens moviam-se além da membrana psíquica que separa as dimensões; sombras do que um dia foram seres humanos, tamanha deterioração que apresentavam na aparência perispiritual. Devido à densidade acachapante das auras obscuras, entretanto, a comparação com sombras guardava certa imprecisão.

Rastejavam tais seres sombrios, de sombrias auras degradantes. Rastejavam em meio a excrementos humanos, a criações mentais abjetas e a fantasmas de feiticeiros e magos da mente que para ali eram atraídos desde suas habitações remotas e desde remotas eras perdidas no tempo. Muito embora fossem descritos como fantasmas, tais espectros tinham forma. Todos tinham braços e pernas, olhos e contornos que lembravam a feição humana tradicional, a despeito da deformidade moral de nível subumano. Arranhavam o piso com suas garras invisíveis aos mortais à medida que rastejavam, pois não dispunham das asas próprias de certos morcegos das trevas, com que de resto se assemelhavam. Contudo, a maioria daqueles seres abjetos, mesmo entre os magos mais sagazes, portava sua túnica como se ela fosse asas rufadas pelos ventos pestilenciais da escuridão soturna e mórbida da noite em Guantánamo. Eram mantos lôbregos, que adejavam acima das cabeças das estranhas criaturas da noite.

Qualquer luminosidade, mesmo a que era produzida pelas lâmpadas pendentes do teto, não obstante de fraquíssima potência, terminava engolfada pela negritude das almas ali reunidas. Perdiam-se os raios de qualquer claridade, pois não eram páreo para as profundezas abissais do espírito inumano.

Um deles, dos magos que presidiam a conferência de militantes das trevas, ostentava olhos esbugalhados, aflitos, que irradiavam uma influência malévola e indicavam capacidade de persuasão tenebrosa. A cabeça retorcida e o amarelo dos olhos vidrados eram parcialmente escondidos pelo manto rubro que lhe descia até os pés — se pés tivesse a sinistra criatura. Um hálito verdadeiramente pestilencial exalava de sua boca maquiavélica, e sua voz se afigurou um chiado descomunal, que fez, inclusive, outros magos presentes à assembleia maldita arrepiarem. A voz, que lembrava o ruído de morcegos, escapava do mais profundo de sua garganta; ao falar, retorcia-se todo, espumava e tossia, enquanto sua palavra era ouvida com assombro por todos os presentes, sobretudo aqueles fantasmas humanos que se arrastaram até ali.

— Convém não só contar com os cristãos, mas recrutar adeptos entre eles — arrastava-se a voz, em meio a pigarros e esgares. — Principalmente se levarmos em conta o fato de que se aliam a pessoas, políticos e instituições, como inúmeras vezes o fizeram, sem analisarem a fundo as ideias endossadas, tampouco confrontarem as ideologias defendidas com suas alegadas convicções. Ora, eles não sabem interpretar nem sequer as palavras de seu maior representante, quanto mais as dos nossos! Não há por que temer aqueles que serão nossos grandes aliados.

"Cristãos de diversos segmentos — tossia de modo a provocar repugnância o representante da maldade — geralmente aliam-se a quem atenda às suas reivindicações, quer a pessoa, o partido ou o político sejam bons, quer sejam maus. Para fiéis assim, desabituados a analisar qualquer coisa em profundidade, o que importa é se nossos asseclas atendem ou não às suas reivindicações; baseiam-se, sobretudo, na imagem projetada por nossos candidatos ou no relacionamento que mantêm com eles. Historicamente foi assim e sempre o será. Mesmo quando nossa ideologia se choca com algum princípio cristão, é suficiente lhes conceder migalhas e demonstrar alguma piedade oca, somente um aceno, e eles permanecem conosco. Basta dar uma roupagem cristã ao discurso e valer-se de sua ingenuidade, como se estivéssemos dando valor às boas intenções. Jamais aprofundarão as investigações sobre nosso verdadeiro projeto e sobre nossa política real. Não é necessário se preocupar, pois nem cristãos nem espiritualistas, tampouco os pseudointelectuais entre eles, têm interesse em nossa ideologia.

"Aliás, sabemos muito bem como dissimular nossa ideologia em vestes cintilantes e atraentes, de maneira a camuflar sua verdadeira face, tal como nossos mantos escondem nossa aparência. Com efeito, é a ideologia que ditará as regras, e não o discurso. Assim sendo, avancemos na implantação da política populista, dando-lhe a vestimenta mais salvacionista que pudermos. Considerando o fator místico dos latino-americanos, principalmente entre os brasileiros — parava para tossir, exalando ainda mais o cheiro nauseabundo de seu hálito —, será fácil iludi-los, escondendo nossas ferramentas de dominação sob uma fachada de justiça social.

"Para terminar, registro o ponto que mais alimenta minha convicção a respeito do comportamento desses cidadãos. Espiritualistas e cristãos do tipo pobre de espírito — absortos em sua pretendida pobreza, e não em como a deixar — ignoram estar envolvidos numa guerra espiritual; refutam essa tese, inclusive. Seguramente, interpretarão como excesso de zelo ou até terrorismo espiritual qualquer atitude de quem queira lhes dizer que, por trás da situação social caótica, atuam forças como as nossas, conspirando a favor dos nossos interesses e dos que nos representam."

O ser asqueroso calou-se, afastando-se da tribuna, onde outro tomou seu lugar. Enquanto isso, o mago mais bárbaro entre todos, o chefe daquela assembleia, repuxava seu rosto marcado por cicatrizes dos milênios num horrendo riso, dando origem a uma carantonha, uma máscara demoníaca.

— Os que se aprazem ao pensarem em si mesmos como criaturas longânimes e compassivas veneram quem adota o discurso em defesa dos "pobres e oprimidos" — zombou o novo porta-voz da maldade, das trevas mais profundas. — Portanto, vamos estimular essa veneração o máximo possível, mas não só. Vamos também apresentar aquela atitude amável e benevolente, em defesa das vítimas do mundo mau, como a verdadeira espiritualidade, a suprema piedade, a espiritualidade do amanhã, que será ecumênica, fraterna e sem fronteiras; vamos forjar a nova mensagem cristã — decantada, depurada, evoluída, pós-moderna. De boa aparência, essa ideia penetrará inclusive igrejas e templos e acabará por desmerecer a mensagem cristã original, deformando-a a tal ponto que, futuramente, os habitantes das Américas rejeitarão qualquer vertente do seu evangelho abjeto e de seu Salvador de araque, criado pelas religiões.

"Em síntese, eis a missão: conspurcar a ideia cristã! À medida que a deturparmos com o viés político, manteremos o povo na servidão, louvando ídolos e aspirando a benesses, à espera de milagres.

"Clamarão por terra, moradia e alimento, mas jamais devem rogar por trabalho, pois, caso trabalhem e se esclareçam, fugirão ao nosso controle. Minar o valor do trabalho é fundamental para o sucesso de nossa campanha. Não queremos salário digno nem a altivez típica de quem luta pela própria subsistência; ao contrário, queremos que prevaleçam o parasitismo, a caridade degradante, a voracidade por benefícios e o sentimento de revolta íntima e inveja que consome aquele que, no fundo, sabe ser um dependente improdutivo. Daremos à multidão de fiéis e infiéis, unidos sob a bandeira dos pobres e oprimidos, as migalhas que os manterão comendo em nossas mãos. Quem não adora ouvir que é vítima e que, por ser assim, merece benesses, gratuidades e mais e mais direitos? Botemos à sua frente um governante caudilhesco, que personifique toda a benfeitoria, e já sabemos, pela história, que dá certo.

"Desde a Revolução Francesa, e ganhando corpo ao longo dos séculos XIX e XX, a tendência dos intelectuais é advogar tudo aquilo que interpretam como favorável aos fracos e oprimidos, de modo que seguramente poderemos contar com a adesão dessa classe. Ora, até cristãos foram seduzidos pela narrativa romântica dos camponeses que tomaram a Bastilha, depuseram o monarca corrupto e instauraram a república do povo para o povo... Como sabemos, esse evento foi pioneiro ao renegar oficialmente a existência de Deus, sob nossa inspiração direta, e ainda assim cristãos o proclamam como símbolo da luz e da razão. A utopia é um ímã cujo valor inesgotável deve ser explorado. O Crucificado ofereceu um reino que não era desse mundo, mas nossa oferta é muito mais atraente; nossos súditos, os aliciaremos para implantar a Nova Jerusalém no futuro breve... ou deveria dizer a *nossa* Jerusalém? — um farfalhar jubiloso se fez ouvir no ambiente, enquanto o palestrante se envaidecia, sentindo-se vitorioso na escaramuça, em busca de aplausos. — O prestígio de que goza ainda hoje a Revolução Francesa ilustra bem o poder de sedução que a narrativa em prol dos pobres e oprimidos tem: ela é capaz, até mesmo, de fazer os seguidores do Imolado abjurarem suas convicções em nome do próprio amor que dizem representar.

"Em virtude do êxito obtido ao implementarmos nossas ideias por regimes violentos como os que essa e outras revoluções instauraram — ao mesmo tempo que legaram à posteridade uma imagem que os consagrou como ápice de humanismo e virtude —, esses são nossos planos para a América ao sul do trópico de Câncer."

Após brevíssima pausa, em que encheu os pulmões do hausto degenerado que irmanava os presentes na atmosfera infecta daquele cárcere tropical, prosseguiu o emissário das catacumbas ínferas:

— Nossas técnicas de persuasão em massa continuam as mesmas: pressionar, intimidar, difamar, aniquilar a imagem e a reputação de nossos opositores perante toda a gente. Toda forma de violência é válida, mas sem se restringir à brutalidade física, que o povo também adora, pois lhe proporciona a sensação de se desaguar em rancores e mágoas. Entretanto, eis o cerne da estratégia de guerrilha: negar sempre, não assumir jamais os ardis a que recorremos; tal deve ser a regra observada rigorosamente por nossos comparsas no mundo físico. Que neguem com toda a veemência e perante quem quer que seja o emprego de semelhantes táticas.

"Igualdade e justiça sociais, distribuição de renda, direitos de minorias não passam de discurso; são apenas meios, bandeiras hasteadas para servir a nossos fins, urdidos nos porões do submundo. Importa dominar, conquistar o poder pelo poder, e, se porventura isso implicar sacrificar e abandonar elementos de nosso partido pelo caminho, que assim seja. O objetivo é garantir o governo perpétuo entre os humanos encarnados. Assim, adiaremos indefinidamente a renovação do planeta, até quando nós mesmos, após estabelecermos nossa política e contaminarmos de modo indelével pessoas e multidões, pudermos renascer no mundo e reinar sobre os povos, consolidando definitivamente o império das trevas no seio da civilização.

"Ao contaminarmos a turba, bem como seus representantes constituídos, com ideias benévolas e de feições altruístas, assinaladas por palavras de ordem como *direitos*, *justiça social* e *resgate da cidadania*, quem terá coragem de se insurgir contra nosso domínio? O caos se instalará a partir do discurso mais insuspeito que já se ouviu! Contemplarão a ambição e o alcance do nosso projeto? Contaremos com adeptos até mesmo entre as fileiras dos que se dizem fiéis ao Imolado... Assim, conceitos e práticas engendrados no populismo, no assistencialismo e no mais alto grau de paternalismo prostituirão de tal modo a mensagem cristã — na medida em que se apropriarão das ideias compassivas e as subverterão por completo — que não haverá viva alma, no espaço de poucas gerações, que adotará o cristianismo. Pelo contrário, terão ojeriza ao Mártir galileu. Nossas concepções estarão tão fundidas com os ideais do Cordeiro que, quando o caos se instalar e o povo acordar para a falácia daquelas pautas sociais, o Crucificado será sumariamente rejeitado, junto com elas, e, então, gozaremos de pleno domínio.

"Nossas marionetes, recrutaremos entre os mais instruídos — pois, como já foi dito, escolas, universidades e imprensa serão alvos prioritários da estratégia traçada —, como também em meio aos que propagam ideias espiritualizantes. Jovens e imaturos em geral serão notadamente receptivos ao nosso idealismo, portanto, nossa filosofia de poder deve inundar sua mente e, em toda oportunidade, exalar as paixões da juventude e o espírito 'vamos salvar o planeta'. Somente bem mais tarde, talvez, acordarão para a realidade, quando envelhecerem, mas aí já estarão completamente indefesos e impotentes. Antes que sejam desmoralizados, porém, nós próprios renasceremos e, como portadores da solução definitiva, finalmente dominaremos face a face. Cabe-nos escamotear a verdade e garantir que os homens acreditem na mentira estampada na figura e no discurso de nossos asseclas na arena política. Mesmo homens de bem precisam ser enganados; aliás, precisam se converter em nossos maiores aliados!"

O monstro da escuridão concluiu com tamanho fervor que todos se levantaram e o aplaudiram, restando assentado somente o mago mais diabólico. Da poltrona de onde presidia a assembleia maldita, orgulhava-se de tramarem, sob seu comando, o movimento que deveria se alastrar pela América Latina e, dali, a outras partes.

— E o que faremos no restante do mundo? Por enquanto abordamos somente os continentes sul e centro americanos — perguntou outro participante da reunião, filiado ao partido dos 21 dominadores.

Uma gargalhada demoníaca ribombou pela convenção. O mago mais soturno manifestou-se outra vez:

— Atearemos fogo no mundo! — e gargalhou estupidamente, uma gargalhada maquiavélica, medonha, horripilante. — Remeteremos pelo portal da reencarnação os mais capazes agentes do abismo e faremos o mundo tremer bem antes que alguém lá de cima — disse apontando para o alto — ouse nos privar do poder e do domínio que são nossa prerrogativa. Seremos deuses para os encarnados; com nossa filosofia e nossa política, personificaremos o anticristo no mundo. Não daremos trégua aos filhos do Cordeiro e jamais deixaremos de empregar todos os recursos a nosso alcance para subjugar o homem e trazer a civilização a nossos pés.

Logo se calou a estranha criatura das trevas, voltando a falar um minuto depois, com voz pausada:

— Mas atenção: não se descuidem! Embora a Terra seja nossa e os filhos do Cordeiro, em sua maioria, estejam do nosso lado, convém ter cuidado com os vigilantes, os abomináveis guardiões superiores. Eles não são como os outros; são agentes da justiça e, como tais, não titubeiam em lançar mão de suas armas poderosas, capazes de nos banir para dimensões ignotas ou universos desconhecidos. É necessário nos precaver contra aqueles que agem em nome da lei sideral.

Mudando novamente o enfoque de sua fala, continuou:

— Sabemos ser possível interferir no processo reencarnatório de quem pretendemos influenciar, seja ou não nosso enviado direto. A lei em si, não a manipulamos, pois isso escapa a nosso controle, contudo, ao conhecermos como a lei se cumpre no âmbito humano, logramos até introduzir nossos sequazes nessa realidade física, por meio do renascimento.

Neste momento, pediu a palavra um dos espectros ou chefes de legião, que até então permanecera calado, como os demais de sua raça. Todos os olhares se voltaram a ele, um dos seres que mais perto chegaram dos lendários dragões, num misto de raiva e despeito.

— Já temos no mundo, entre os humanos de seu planeta medonho, nossos embaixadores. Alguns, corporificados como agêneres, agem em meio a gabinetes de autoridades ligadas à política e à religião. Entre eles, há um imiscuído diretamente no Vaticano,[1] cuja missão é instilar comportamentos e incentivar decisões que impulsionem os elementos necessários para desencadear escândalos no seio da própria Igreja, colimando a desmoralização da instituição que é o símbolo máximo da cristandade. Existem outros, atualmente no total de 13, espalhados basicamente entre China, Rússia e Estados Unidos, associados não só às autoridades oficiais, mas também

---

[1] Cf. PINHEIRO, Robson. Pelo espírito Ângelo Inácio. *O agênere*. Contagem: Casa dos Espíritos, 2015.

às famílias centrais no cenário econômico. Transitam com grande liberdade, enquanto os órgãos de inteligência ignoram por completo sua presença; nem ao menos acreditam ser possível o fenômeno, o que, decerto, vem a calhar.[2] Materializamos no mundo um dos nossos, também, e junto dele fizemos renascerem muitos outros enviados, especialistas em fomentar guerras, de tal maneira que uma guerra mundial não será nada diante do que preparamos para ser posto em andamento ao longo dos anos que se seguirão.

"Nossos estrategistas foram incumbidos de levar a cabo os projetos deixados por nossos soberanos, os dragões. Compete a nós garantir que possam atuar no momento correto, promovendo as atitudes e as políticas certeiras, com o intuito de varrer da face da Terra qualquer vestígio de esperança que porventura reste nos corações dos humanos miseráveis deste mundo-prisão.

"Ao contrário de vocês, magos, que pensam em si mesmos como donos do mundo e do poder, não nos interessa disputar o contro-

[2] Cf. PINHEIRO. *A marca da besta*. Op. cit. p. 392-471.

le deste planeta desprezível. Ele não nos serve... Queremos levá-lo ao colapso absoluto, a tamanha ruína que não restará nada em seu bioma capaz de permitir que alguém o habite. Queremos deixá-lo e regressar às estrelas, onde nosso mundo viaja como uma nave poderosa, orbitando em torno de seu astro luminoso, do qual sentimos imensa saudade. Fiquem com sua Terra que a destruiremos para vocês. Nada tencionamos aqui. Este lugar deplorável e tudo o que contém não nos despertam cobiça. Se o aniquilarmos, os administradores solares, a quem denominam governo oculto, se verão obrigados a nos mandar de volta às estrelas, pois nenhuma civilização logrará sobreviver num orbe cujo bioma tenha sido completamente arrasado.

"Para atingir esse objetivo, usaremos todos os recursos disponíveis, com destaque para a ingerência sobre a administração das nações, assunto que nos traz até esta convenção. Manipularemos a mente de governantes e outros atores influentes, suscitando o que há de mais abjeto em suas almas miseráveis, a fim de levar dor, sofrimento e caos ao maior número de povos e sociedades.

"Todavia, diferentemente de vocês, não falaremos sobre as minúcias de nossos planos; nossa vitória se baseia no fato de que não os compartilhamos com ninguém, nem sequer com aliados. Dominem o que lhes apraz; a nós não interessa este mundo, a não ser sua aniquilação."

Calou-se a entidade atroz, antigo emissário dos dragões, agora artífice da própria revolta de sua alma degredada. Os magos eximiram-se de comentários diante do comandante, que representava um povo inteiro, aprisionado na Terra desde eras remotas. Com efeito, tamanho grau de revolta contra a humanidade poderia fazer com que desencadeasse no mundo um verdadeiro inferno entre as nações. Poucas foram suas palavras, mas tal era o nível de insurreição e ódio, bem como de convicção sobre a vitória do empreendimento, que os demais resolveram se calar.

Até porque as duas facções, magos e espectros, não apenas disputavam qual era mais cruel, mas nutriam o mais puro desprezo uma pela outra. Em comum, ambas tinham o desconhecimento acerca dos planos, dos recursos e dos instrumentos dos guardiões superiores. Por ora, tudo o que faziam era mergulhar e divagar no mar de pensamentos de seu universo pessoal, de suas mentes desequilibradas e extremamente perigosas. O ar estava repleto de formas-pensamento, as mais vívidas e macabras, infecto tão intensamente que os presentes deixaram a convenção arrastando-se de maneira penosa tão logo o mago regente a encerrou.

Depois, o partido se reuniria novamente, em outro lugar e em outro tempo, quando suas marionetes encarnadas estivessem na idade adulta. Ao longo dos anos, a Liga dos 21 levaria a cabo os projetos sombrios traçados, insuflando na mente dos correligionários do plano físico as ideias cultivadas e aperfeiçoadas naquela famigerada noite caribenha. Mais tarde, um fervor incomparável acometeria seus comparsas reencarnados, como resultado de anos e anos de hipnose e doutrinação realizadas diuturnamente por magos das trevas.

INTERFERÊNCIA DA JUSTIÇA SIDERAL

"O Senhor ama
aos que odeiam o mal"

SALMOS 97:10

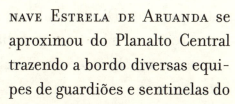NAVE ESTRELA DE ARUANDA se aproximou do Planalto Central trazendo a bordo diversas equipes de guardiões e sentinelas do bem. Além destes, havia espíritos que, no passado, desempenharam papel importante na história do Brasil, em diversas ocasiões: Irineu Evangelista, o Visconde de Mauá [1813–1889], bem como o abolicionista José do Patrocínio [1853–1905], o imperador Pedro II [1825–1891] e os presidentes Campos Sales [1841–1913] e Juscelino Kubitschek [1902–1976], entre outros personagens, tendo tido a maioria atuação pública na segunda metade do século XIX.

Reuniam-se no salão principal da nave central, isto é, um dos sete compartimentos da Estrela de Aruanda, uma espécie de aeróbus de dimensões acima do padrão entre veículos etéricos da Terra. No interior de cada uma das divisões, alojavam-se especialistas e vigilantes que labutavam em favor da humanidade. Naquele comboio em tantos aspectos impressionante, guardiões planetários se locomoviam com todo o seu contingente, conforme a necessidade, por quaisquer países, ora com os sete compartimentos agrupados, ora separados. Diretamente de sua base na lua terrena, viera Jamar, o guardião da humanidade, ao ser chamado por Watab, o especialista da noite.

— Jamar, precisamos de sua ajuda imediatamente. Sei que tem situações intricadas a resolver, sob sua responsabilidade, mas o Brasil está num quadro de emergência que requer de todos nós uma ação conjunta, e você tem bastante experiência no âmbito da política. Além do mais, sabemos que a grave circunstância reinante é fruto da ação de magos negros antiquíssimos, que intentam dominar para além das fronteiras do país, abrangendo outros povos.

— Irei, meu amigo. Contudo, para uma ação efetiva, é necessário reunir expoentes e lideranças nacionais que estão do lado de cá da fronteira vibratória da vida. Envio alguns nomes que julgo importantes, pois precisaremos conversar com políticos e empresários brasileiros antes que a situação descambe para uma guerra civil, o que ainda é possível evitar.

— Enquanto se prepara, guardião, chamarei os espíritos que se dispuserem a auxiliar. Agradeço.

Ao tempo em que Jamar se desincumbia de determinadas tarefas ligadas ao processo de expurgo planetário, já em andamento, Watab convocava os espíritos listados pelo colega, os quais tiveram participação ativa na história brasileira e, naturalmente, importavam-se com os destinos da nação. Quando Jamar se fez presente a bordo da nave que transportava os guardiões, todos já estavam agrupados. Tanto Jamar e Watab como Kiev, agente que também atuara em combates a favor da ordem em diversos países, todos buscavam somar forças com quem se dispusesse a servir e interferir. Para isso, alinhavam seus objetivos e planos de ação. Entre outras medidas, conversariam tanto quanto possível com políticos e demais pessoas envolvidas na crise em curso no país, projetando-os na dimensão extrafísica por meio do desdobramento. Tamanho era o grau de tensão e de encrespamento no país que se fazia necessária uma intervenção urgente, a fim de evitar o pior. Realizaram-se muitas reuniões entre os guardiões, com o objetivo de estabelecer um plano de ação contra as forças das trevas, que ameaçavam dominar e levar a nação ao caos.

— Precisamos trazer até nós, por meio do desdobramento, certas pessoas ligadas à conjuntura atual do país, antes mesmo de tentarmos conversar com os atores deste espetáculo que está em andamento na capital federal — falou um dos guardiões graduados.

— Perfeitamente, meu amigo. Faremos como sugere, contudo, creio que precisaremos de ajuda urgente, de agentes nossos com os quais possamos contar neste período de guerra entre as forças das trevas, de um lado, e as do progresso e da evolução, de outro.

— Que tal emitirmos um chamado a Irmina[1] para que venha ao Brasil juntamente com outros agentes, a fim de auxiliar diretamente nosso pessoal que trabalha em solo brasileiro?

— Faça isso, Kiev! Faça isso imediatamente, assim, teremos gente especializada no embate com forças opositoras ao progresso, além de experientes doadores de ectoplasma — respondeu Dimitri, um dos guardiões profundamente envolvidos na ajuda ao país.

---

[1] Irmina Loyola é personagem de diversas obras do autor (cf. PINHEIRO. *O agênere*. Op. cit. PINHEIRO, Robson. Pelo espírito Ângelo Inácio. *Os imortais*. Contagem: Casa dos Espíritos, 2013).

— Seria oportuno contarmos com Semíramis, Astrid e suas guardiãs também.

— É verdade. Penso que Raul teria muito a contribuir com sua cota de energia, bem como se envolvendo na multidão que se manifestará em alguns dias — tornou Kiev.

— Não sei se poderemos contar com Raul desta vez, sobretudo na mesma intensidade de outrora. Ele não poderá trabalhar sozinho; neste momento, requer um anteparo energético. Por isso, talvez Irmina seja a melhor indicação, caso aceite nosso convite de vir ao Brasil.

"Bem, vamos lá! — acrescentou Watab. — Vamos atrás dos nossos agentes. Contaremos também com a ajuda de um bom contingente que integra nosso grupo em terra" — referia-se aos componentes do Colegiado de Guardiões da Humanidade.

A partir daí, a dois espíritos foi designada a missão de levar o convite a Irmina. Os guardiões careciam de todo apoio possível, principalmente de gente habituada ao corpo a corpo, ao embate face a face com hordas da maldade — nesse caso, tratava-se de uma composta por magos negros e seu séquito. Eram 21 facções de inteligências sombrias que intentavam dominar o país e a América do Sul, cada qual à sua maneira e com metodologia própria, mas aliadas no propósito comum.

— Não nos enganemos, amigos — principiou Jamar, dirigindo-se a todos aqueles reunidos na Estrela de Aruanda, desde sentinelas até personalidades brasileiras em desdobramento, passando por espíritos que, no passado, haviam se envolvido com a pátria. — Sabemos que, quando as forças das trevas se sentem acuadas, fazem de tudo para evitar que percam o domínio mantido em suas mãos. Não obstante, jamais se esqueçam de que não estamos combatendo homens ou mulheres; nossa luta é de cunho espiritual, e não contra políticos ou partidos, uma vez que, em quase toda instância terrena, existem pessoas profundamente comprometidas com as hostes da maldade de dimensões próximas à Crosta. Precisamos ter em mente que os verdadeiros inimigos são as ideias e os manipuladores efetivos desse drama, que se encontram do lado de cá da vida.

"Tão logo pressintam o poder se esvair de suas mãos, políticos e autoridades que querem mantê-lo a todo custo não medirão esforços, nem temerão usar qualquer pessoa ou lançar quem quer que seja à fogueira, até mesmo comparsas e correligionários, a fim de evitar sua derrocada. No entanto, tal atitude decorrerá dos manipuladores espirituais, que atuam nos bastidores sem que os homens os vejam. Gozam dos benefícios da invisibilidade e da ignorância geral, a exemplo do que asseverou um sábio: 'frequentemente são eles [os espíritos] que vos dirigem'.[2] Em última análise, uma fera desesperada pode ser muito mais perigosa do que esperamos. Não devemos tomar partido, tampouco ignorar o fato de que as marionetes dos magos negros, com pouquíssimas exceções, nem sabem que estão sendo usadas."

— Qual nosso plano de ação mais urgente, Jamar? Que recomenda? — indagou Kiev.

— Primeiramente, urge reunir pessoas entre nossos parceiros encarnados para que nos auxiliem em determinados aspectos. Devem abordar o quanto antes certos dirigentes da

---

[2] KARDEC, Allan. *O livro dos espíritos*. Tradução de Evandro Noleto Bezerra. 2. ed. Rio de Janeiro: FEB, 2011. p. 325, item 459.

nação os quais caíram nas garras de grupos de poder que disputam o domínio tanto no país quanto no continente. O passo inicial, nesse sentido, é uma ofensiva certeira a fim de desmantelar a blindagem erguida pelos magos negros em torno de sua estrutura energética. Por outro lado, é necessário liberar nosso caminho. Para cumprir tal finalidade, os parceiros encarnados detentores de ectoplasma poderão colaborar, socorrendo-nos na faxina de elementos nocivos, formas-pensamento densas e estruturas energéticas artificiais e muito deletérias que foram montadas em torno do Palácio do Planalto e de outros edifícios importantes, palco dos acontecimentos centrais da crise atual. A ajuda dos encarnados é indispensável. Mesmo assim... — deixou a frase sem conclusão naquele momento.

— O que há, amigo Jamar? O que está por trás desses acontecimentos a que temos assistido? Parece que as coisas estão prestes a sair do controle...

— Dependemos da resposta dos encarnados para agirmos com acerto, ainda que em benefício deles mesmos. Ao que parece, Watab, os homens deste país escolheram por si sós, sem a devida análise, aqueles que hoje representam a opressão da qual a maioria deseja se libertar. Já ouviram o ditado de que cada povo tem o governo que merece? De minha parte — acentuou o guardião —, penso de modo diferente: cada povo tem o governo que escolhe, no mais amplo sentido do que significa *escolher*. Mas como não viemos aqui discutir este ou aquele método de governo, mas a conjuntura político-espiritual, caracterizada pelo domínio dos magos negros, que manipulam sequazes no plano físico, temos de nos atentar para uma realidade que dificilmente será equacionada por completo.

Todos o olharam à espera de um apontamento totalmente diferente dos que vinham discutindo. Jamar, porém, apenas desenvolveu o pensamento.

— O país sofre, hoje, um processo obsessivo em larga escala. Não é à toa que os nossos orientadores evolutivos dizem que a obsessão é o mal do século.

— É algo que não podemos menosprezar; ao mesmo tempo, não compete a nós resolver a questão de modo unilateral, em nossa dimensão — observou Watab, o guardião africano.

— Forças tirânicas estão em franca disputa pelo controle de representantes do povo. Vejam aqui, meus amigos — falou apontando para uma imagem holográfica que se erguia diante de todos.

O Visconde de Mauá, que participava ativamente ao lado dos guardiões, foi quem comentou, após apreciar o holograma:

— Torres espalhadas pelo país! Torres que irradiam ondas hipnóticas... — Jamar e Watab olharam-no e aos demais, concordando com a observação.

— Isso mesmo, amigos. Enquanto muitos grupos religiosos, espiritualistas e espíritas avaliam ser suficiente a abordagem dos problemas da nação — no aspecto que lhes toca, isto é, quanto aos desafios de ordem espiritual — tão somente com rezas, orações e vibrações, a realidade pinta um quadro bem mais complexo. Magos das sombras e seus asseclas instalaram, nas maiores cidades do país, equipamentos que propagam ondas hipnóticas. Ao lado disso, muitos políticos são manipulados diretamente, nas residências tanto quanto nos gabinetes, com o auxílio inescrupuloso de cientistas subordinados aos magos; aliás, são os mesmos magos que, décadas atrás, engendraram o projeto hediondo que está em andamento no país e no continente.

— Pelo jeito, os movimentos espiritualistas ainda estão engatinhando nas ideias de como promover a renovação do planeta.

— Meu Deus! — falou Mauá. — Sou grato por não me afinar com essa gente oportunista e cheia de melindres.

— Oportunista? Como assim? Não compreendi — falou Kiev.

— Claro que é oportunista! Quase ninguém quer dar a cara a tapa. Ficam cheios de dedos, pisando em ovos, com medo de se posicionar. Logo que alguém toma partido e se destaca por ideias que confrontam corruptores e artífices do descalabro, da maldade e da insensatez, aí surgem, à sombra de quem se manifestou, com o fim exclusivo de chamar a atenção, em vez de somar esforços. Querem tirar proveito da situação; ecoam discursos pacifistas e atitudes conformistas, passivas e santimoniais. Apregoam a tal ponto o pacifismo — o qual, na verdade, é uma espécie de covardia revestida de aparência amorosa e tolerante — que se esquecem de quem foi Jesus, personagem tomado como referência por eles próprios. Ora, o Nazareno enfrentou corajosamente os poderes de sua época, foi destemido ao contestar e condenar os representantes políticos de seu tempo e posicionou-se sem rodeios, sem meias-palavras.[3] Ora bolas! Ele disse textualmente: "Não penseis que vim trazer paz à Terra; não vim trazer paz, mas espada"![4]

"Agora aparecem médiuns malresolvidos, dirigentes piedosos e seguidores carolas com discurso santarrão alegando falar em nome de espíritos superiores. Anote bem: quando estas nossas palavras forem divulgadas, decerto aparecerá um médium ou outro que as lerá e, depois, irá 'psicografar' algo semelhante, atribuindo tais pensamentos a uma revelação de um ou outro espírito esclarecido. É puro oportunismo, sim!" — Mauá denotava irritação.

— Amigos, ao menos aqui não há espíri-

---

[3] Cf. Mt 23. O capítulo consiste num monólogo público em que Jesus se dedica, na íntegra dos 39 versículos, à condenação sumária de escribas e fariseus, alvo das piores acusações e dos insultos mais contundentes.

[4] Mt 10:34. Cf. Lc 12:51.

tos superiores; estes estão agora genuflexos, rezando — interferiu Jamar no pensamento de Mauá, com uma ponta de ironia, embora a expressão se mantivesse séria. — Nós, os guardiões, precisamos de pessoas corajosas, dotadas de uma personalidade firme, impactante, pouco importando, neste momento, seu grau de santidade. Já pensaram se fôssemos aguardar por homens imaculados para conter a maldade do mundo?

"Consideremos que o reino do mal está dividido entre si, da forma mais expressiva que já se viu desde o ocaso dos ditadores do abismo, os dragões. Dessa forma, não subsistirá por muito tempo na atual configuração. Em decorrência disso, uma ou outra pessoa que apresente comportamento ético até certo ponto questionável acabará sendo útil aos propósitos da justiça, na hipótese de se voltar contra seus antigos aliados. É a maneira como a soberana justiça se utiliza das próprias trevas a fim de trazer a luz.

"Essa verdade é geralmente indigesta, quando não intragável aos pudores moralistas. Mas reitero: que seria do mundo se esperássemos anjos sublimes descerem dos altiplanos celestiais para remir a humanidade? Com fantasias assim sonham os mais santos e bem-resolvidos; curiosamente, rejeitam se misturar à massa, que julgam impura, e gostam de ficar em casa falando, discutindo e dizendo rezar, quando não permanecem apenas diante da televisão, passivos, na zona de conforto de seus afazeres comezinhos. Tudo é pretexto para não se exporem.

"Neste jogo contra as forças das trevas, não temos como escolher pessoas 'boazinhas', ilibadas e isentas de erros. Não temos tempo para insistir e convencer quem já deveria estar na luta pelo bem contra as fileiras do mal. No caso que está em jogo no Brasil, não existem pessoas isentas. Porventura isso será motivo para deixar o circo pegar fogo, como dizem, e permitir que os piores prevaleçam? A maioria dos políticos envolvidos, é certo, tem algo a esconder, e tudo virá à tona oportunamente. Precisamos identificar entre eles quem está apto ou propício a se insurgir contra o estado de calamidade moral e ética que tomou de assalto o país. Apesar da condição de devedor perante a lei dos homens e a lei sideral, seu apoio, nesta hora grave, poderá significar ou ocasionar um trunfo momentâneo — até porque os bons se omitem. A quem nos resta recorrer? Que fazer quando os que se têm na conta de bons e resolvidos, honestos e probos escondem-se ou, ainda pior, restringem-se a criticar e depreciar os demais, aqueles que se expõem?

"Dessa sorte, amigos, é importante, ao menos por enquanto, dar relativo apoio energético — e isso não quer dizer que aprovamos suas atitudes sem reservas — àqueles que se colocam abertamente contra o regime opressor dos magos negros e seus comparsas encarnados. A fim de enfrentar seres tão medonhos e pérfidos como os que conspiram contra a nação, não se elegem os 'bonzinhos', não. O mal deve ser combatido por quem lhe guarde alguma semelhança, dotado de tal força e tal intensidade que o obrigue a recuar. Para arrostar os que estão mancomunados contra a ordem e o progresso da nação, talvez venha a calhar quem é excelente estrategista, tão frio e calculista como seus adversários, que arquitetam a destruição e maquinam planos para se perpetuar no poder. Mesmo que esse alguém traga imensos débitos ante a lei divina, a questão que se impõe é: acaso é capaz de impedir que o mal se alastre ou de ao menos lhe servir de obstáculo?

"Como não é nosso objetivo tomar parte numa luta política, nos moldes humanos, teremos de contar com pessoas assim. Façamos a parte que cabe a nós, do lado de cá da vida, lutando contra as forças opressoras da nação, pois, com certeza, do lado dos encarnados, haverá quem se disponha a enfrentar o ninho de serpentes, ainda que não se exima de responder perante a lei a seu tempo. Parafraseando, lembro o pensamento de Teresa de Calcutá: quem somos nós para impedir que alguém faça esse bem se porventura tal gesto for o maior mérito a aplacar a dor consciencial do indivíduo, na hora do próprio julgamento?"

— Hum... — interveio o africano. — Conheço alguém assim. Não tem grande comprometimento com o bem, muito menos conosco, mas sem dúvida pode fazer frente aos próceres e às marionetes dos magos negros, que intentam dominar.

— Isso mesmo, Watab. Alguém muito "bonzinho" sucumbirá logo. Para o presente caso, como supostos espíritos esclarecidos têm se manifestado de maneira medrosa e covarde, tanto quanto seus representantes humanos, iremos nós, que estamos distantes da santidade e da beatificação. Chamemos também aqueles que, entre os mortos, estão mais vivos e atuantes do que muitos ditos vivos. Refiro-me aos exus brasileiros, que devemos evocar; eles poderão fazer frente às hostes da maldade neste país. Espíritos superiores e mentores, tanto quanto médiuns que se veem como missionários, não servem neste momento. Permaneçam no céu de sua irrelevância espiritual, já que assim o querem, ocupados com suas vibrações ilusórias. Vamos à luta! Watab, emita o chamado aos exus.

Depois de se inflamar durante o discurso como guardião superior e um oficial dos exércitos de Miguel, Jamar acrescentou:

— Quero falar pessoalmente com os exus ou sentinelas. Watab, forme um destacamento de guardiões e visite os parlamentares que ainda não foram desdobrados. Procure por gente que não teme o confronto com forças das trevas. Nada de rezadores e santarrões, pessoas "bem-resolvidas" ou "espiritualizadas"; estão ocupados demais para participarem do momento de transformação.

Os espíritos ali reunidos sentiram a vibração do guerreiro de Miguel, no auge de sua atuação em favor do estabelecimento do bem. Quando Jamar estava a sós com Watab, comentou:

— Lembra-se do que lhe disse em certa ocasião, amigo, que as coisas iriam piorar muito antes de melhorar? Pois bem, precisamos ficar atentos.

— Eh... Explique-me: você disse há pouco que aparecerão algumas pessoas que ainda não despertaram para o sentido da responsabilidade com o país, mas que auxiliarão a nação neste momento.

— Certamente que eu disse! — confirmou Jamar. — Vem à minha memória a palavra de uma figura política da nação: Tancredo Neves. Como espírito, afirmou que, a esta altura, não temos nenhum homem, em nenhum partido, que sintetize as esperanças do povo brasileiro.[5] Não obstante, as medidas de saneamento possíveis necessitam ser empreendidas com

[5] O personagem refere-se ao texto reproduzido no preâmbulo (p. XII-XXV).

a participação popular, à qual daremos apoio, contanto que seja para o bem do país, e não de um grupo ou partido em especial. De qualquer modo, a situação a que assistimos não é vigente somente no Brasil. Em breve, o mundo inteiro se revolverá em meio a escândalos de corrupção, assim como sucederá com ainda outros dirigentes políticos do Brasil.

"A diferença é que estes que hoje dominam, indubitavelmente, são partícipes das hostes da maldade; querem se manter no poder a todo custo, em detrimento do país e do bem-estar de seus habitantes. Nenhum deles tem a mais remota preocupação com o bem do povo e da nação. Manter-se no poder é sua única meta; não restaram reservas quanto ao emprego de métodos como mentira, traição, roubo, achaque, suborno e chantagem, uma vez que sucumbiram a tão grave processo de obsessão complexa, como nunca se viu na história brasileira, tanto em intensidade quanto em escala, pois abrange uma grande quantidade de pessoas, entre governantes e cidadãos. Se, de um lado, encontram-se pessoas corruptíveis, corruptores e arquitetos de planos nefastos assediando e buscando domínio em todos os partidos, de outro, é forçoso reconhecer que os magos conseguiram algo incrível nas agremiações à frente do governo e suas franjas. Afinal, foram capazes de congregar, em um só grupo, número tão grande de pessoas por eles manipuladas, tão notável contingente de agentes encarnados, que nunca se viu tamanha escalada de um projeto hediondo, de uma política tão escravizadora. Só a patologia espiritual que acomete a nação, em estágio avançado, pode explicar como contam com a apoio de parcela tão expressiva da população. Hipnotizada, boa parte do povo realmente crê que aqueles que lhe roubaram, que dilapidaram os valores morais e extorquiram o patrimônio público são pessoas de bem, interessadas no bem comum.

"Por isso, afirmei também que são necessárias pessoas de fibra, frias, calculistas e com cancha para encarar tais questões, porque estamos diante de poderes nada desprezíveis a movimentar os fios desta disputa. Não serão vencidos com hesitação, fraqueza ou o mais leve temor. Ainda que nossos auxiliares mereçam prestar contas à justiça, tanto humana quanto divina, a seu tempo, é justamente de um perfil assim que o país precisa; isto é, de alguém que tenha a coragem de se impor frente à situação, pois aqueles que se dizem isentos de corrupção se omitem. Estes, de fato, sabem ser devedores; sabem que, dentro em breve, seus crimes virão à luz do dia. Falta-lhes, de qualquer maneira, a coragem exigida para depor o inimigo.

"Como pode notar, amigo Watab, neste caso, não é questão de opção. Não há como contar apenas com políticos que não estejam comprometidos. Mesmo quem cometeu delitos será recrutado para enfrentar os chefes da maldade que se vestem de cordeiro. Dado que ainda não encontramos pessoas isentas de erro, teremos de trabalhar com o que há. A política consiste, muitas vezes, de escolha entre o mal maior e o mal menor — e também é assim em nossa atuação política como sentinelas do bem. Uma vez que não dispomos de pessoas santas e incorruptíveis, devemos buscar o mal menor ou aquele que menos estrago cause à família brasileira."

Jamar falava com conhecimento de causa, pois, antes de receber o chamado para compor a equipe da Estrela de Aruanda em serviço na psicosfera do planeta, havia conseguido examinar a ficha de cada um dos parlamentares envolvidos no processo que acometia o país. Continuou:

— Como espíritos, Watab, não podemos nos eximir diante da presente situação. Literalmente, o destino de dezenas de milhões de pessoas está em jogo. A felicidade de muitos está nas mãos de poucos. Como nos omitiríamos nesta luta, cientes de que muitos sucumbirão à derrocada moral e financeira, e outros poderão até ser induzidos ao suicídio depois que tudo vier à tona? Como ignoraríamos que é neste país que tão grande número de ideias de espiritualidade são forjadas e propagam-se por meio de livros, ondas de rádio e televisão e outros meios pelo planeta afora? É inegável: em virtude da grave crise reinante, as ideias que queremos difundidas sofrem imenso prejuízo de visibilidade, devido à desfavorável situação econômica, que afeta justos e injustos. Em suma, não há como cruzar os braços e deixar o mundo à mercê das forças das trevas, mesmo que não disponhamos de aliados de conduta ilibada para nos socorrer ou por qualquer outro motivo.

"Mauá disse a verdade a respeito dos representantes da ideia de espiritualidade. Alguns ficam à espreita, apenas procurando tirar proveito de quem se expõe em nome das ideias e dos ideais renovadores. Uma atitude vergonhosa, a qual devemos esperar, não obstante" — após manifestar-se e deixar algo no ar, Jamar calou-se repentinamente, como se se sintonizasse com outra situação.

Logo em seguida, os dois amigos tomaram a direção de determinado hotel na cidade onde estavam.

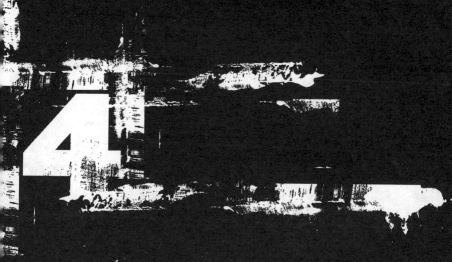

ESTRATÉGIAS

"As artimanhas do homem sem caráter
são perversas; ele inventa planos maldosos para
destruir com mentiras o pobre,
mesmo quando a súplica deste é justa."

Isaías 32:7

REVIAMENTE...

A noite fora intensa. Espíritos das sombras visitaram membros de diversos partidos políticos. É claro que não procuraram homens probos, honestos, dedicados aos compromissos assumidos com o povo. Não! Se bem que, caso os procurassem, por certo teriam alguma dificuldade em encontrá-los. Afinal, a corrupção não era exclusividade deste ou daquele partido, tampouco fora concebida no governo de turno. Contudo, nenhum grupo, uma vez no poder, elevara tal prática a níveis tão descarados, consagrando-a como método de governo e proliferando suas consequências nefastas tão universalmente. Seria ingênuo acreditar que alguma agremiação estivesse imune à corrupção e passasse ao largo da naturalidade com que ela havia se disseminado pela máquina pública. Entretanto, dessa generalização lastimável não decorria que a atitude correta fosse se conformar e aturar um projeto que, manifestamente, era produto da ação de espíritos sombrios em busca de aumentar seu domínio no mundo.

À medida que visitavam homens e autoridades ali e acolá, inteligências a serviço dos magos os reuniram, em desdobramento, durante o sono físico. Promoveu-se, então, encontro entre estes, levados a um ambiente extrafísico que propiciava simultaneamente a conversa e a magnetização dos encarnados, e seus comparsas, manipuladores e mentores de suas ideias no campo da política e dos negócios. Convocaram-se, além de políticos, empresários, homens do povo e representantes de diversas classes sociais. O lugar era o salão de um grande hotel e refletia o máximo de luxo em todos os detalhes, visando chamar a atenção de homens que, afinal de contas, eram encarnados ainda, embora estivessem momentaneamente fora do corpo físico. Contavam-se mais de 100 pessoas desdobradas mediante comando hipnótico de entidades especialistas, sob a tutela dos magos.

Determinado espírito, vestindo um terno alinhado, dotado de porte altivo e semblante emblemático, assumiu a tribuna para conversar com os indivíduos ali reunidos. Voltava-se principalmente a certa classe de políticos acomodados em lugar de destaque, para os quais olhava com frequência e insistência.

O principal entre estes chamavam-no de homem forte, figura central que era nos planos das hordas da maldade.

Atrás do ser que se manifestava à plateia, hábeis senhores do abismo manipulavam os fios do pensamento, sondando cada qual dos presentes e fazendo seus cálculos. Para os comandantes da escuridão, eram indispensáveis agentes no plano físico, por meio de quem pudessem levar a cabo o processo demoníaco de obsessão em larga escala. Porém, com o intuito de fortalecer sua estratégia, operavam à surdina. Que as pessoas menosprezassem a influência dos espíritos malignos só não era melhor do que se não acreditassem, de todo, em sua existência. A incredulidade era sua grande aliada e se encarregaria de acobertar suas ações no mundo dos homens. Ou outra: atendia aos interesses das entidades das trevas que o maior número de pessoas, mesmo naquela plateia seleta, continuasse achando que nada do que se passava com o país guardava relação com influências espirituais.

Voltando-se ao principal emissário encarnado, a entidade falava com espantosa sobriedade, dirigindo-se extensivamente aos demais:

— Para que atinjam seus e nossos objetivos, senhores, é preciso que ajam de acordo com os mais modernos postulados da ciência e da neurolinguística. Ou seja, saibam bem como influenciar e induzir o comportamento dos homens, conhecendo a forma como a mente humana funciona. Faremos apenas breves apontamentos sobre o processo de manipulação das massas. Apresentaremos técnicas eficazes no trato quer seja com o pobre, quer seja com o rico, as quais apelam tanto à criatura inteligente, que quer ser diferente e contestadora, quanto a quem vive na miséria intelectual e espiritual. Sem mirar no ponto fraco das pessoas, não as convencerão de que vocês são seus salvadores. Nunca se esqueçam, senhores aqui presentes: embora moral e ética não tenham absolutamente nada a ver com a prática que queremos fazer prosperar em seus países, empregaremos esses termos à exaustão, até deturparmos ao máximo esses conceitos de gente fraca e cheia de pudores.

Estavam presentes, desdobrados, pessoas do Brasil e de outros países da América Latina e do Caribe. Prosseguiu o discurso:

— Caso algum de vocês, e você principalmente — apontou o homem forte, que se fazia acompanhar por Ella, a qual parecia um tanto alienada, percebendo muito pouco do que se dizia ali —, queiram de fato dominar o povo, permanecer indefinidamente no governo e ter ministros e privilégios assegurados, com a multidão a seus pés, jamais poderão falar a verdade a respeito do que vocês fazem ou pretendem fazer.

Como o espírito desejava motivar a participação da assembleia, composta por representantes das ideias inomináveis no mundo, estendeu-se um pouco mais, porém logo deixou a palavra aberta, de modo que os seres desdobrados também contribuíssem. Contava com elementos preciosos, desde ex-carrascos do povo, disfarçados de empresários, até antigos reis e governantes, agora em posições sociais bem menos proeminentes, mas, ainda assim, capazes de persuadir a população. Eles tinham muito a dizer.

Foi assim que um dos homens mais influentes na nação brasileira, então no cargo de ministro, pediu a palavra. Como estavam numa conversa aberta, entre aliados, não demonstrou nenhum escrúpulo quanto à escolha de palavras e à exposição de seus pensamentos.

— Se pretendemos permanecer no poder e esmagar aqueles que se opõem a nós, como devemos conduzir nosso discurso perante o povo e a mídia? Tem alguma recomendação?

— Claro que sim, caro companheiro. Basta negar, negar peremptoriamente tudo aquilo que seus opositores lhes imputarem. Jamais admitam suas verdadeiras intenções em público; elas sempre devem estar disfarçadas de bem-estar social e subjacentes às políticas públicas que os idiotas adoram e os defensores dos pobres e oprimidos reivindicam. Entretanto, como entendemos bem como funciona a mentalidade humana, temos de explorar a fragilidade dos adversários, isto é, jamais recuar, limitando-se à atitude defensiva. Acusem, acusem sem piedade os opositores de tudo aquilo que vocês pretendem fazer e não assumem abertamente. Aliás, como disse o companheiro, não se trata apenas de opositores, mas de inimigos; e inimigos não devem ser somente derrotados, e, sim, estraçalhados. A ideia é lhes atribuir tudo o que planejam fazer! Repitam, repitam as acusações com obstinação e por todos os meios possíveis, que lhes garanto: a massa passará a acreditar em vocês, contanto que representem seu papel com afinco. Não nos esqueçamos de que uma mentira contada inúmeras vezes se transforma em verdade.

A maioria dos presentes deu gargalhadas, pois se identificava com o discurso do espírito, que promovia modernos conceitos de *marketing* político. Um dos magos entrou na conversa, ao emergir da escuridão onde se encontrava, exalando um cheiro de enxofre misturado a algo similar a amoníaco. Com acerto, julgou que a plateia já estava devidamente aturdida, maravilhada, conquanto todos percebessem o incômodo e se ressentissem da aura que a entidade maléfica emanava. A voz da criatura sinistra era grave, e a aparência, grotesca, porém, soube se fazer entender.

— Qualquer qualidade daquelas apregoadas pelos valores cristãos é repugnante e completamente antagônica a nosso projeto de tomada de poder. Pouco importam as chamadas virtudes morais. É verdade, todos vocês têm um papel a desempenhar perante a sociedade e devem contemporizar com esses fatores, mas não passa disso: um papel a representar.

— Como faremos, então, com nossas relações familiares? Como agiremos com filhos, cônjuge e nossos parentes?

— Ora, ora, companheiro de poder, que quer da vida? Acha que é possível ter tudo no mundo? Posso lhe afiançar, pois vivo há muito mais tempo do que você e todos aqui presentes. Vi reinos serem erguidos, testemunhei guerras e hecatombes que nenhum de vocês jamais suportaria, de tão aterradoras que foram. Participei de concílios de príncipes e imperadores. Lutei inúmeras batalhas e me escondi em cavernas por anos a fio, perscrutando as ciências ocultas. E nunca, nunca vi nenhuma alma debaixo do céu ter tudo o que quer nem conquistar absolutamente nada sem se esforçar, sem se dedicar diuturnamente pelo que desejava erguer, possuir ou roubar.

"Portanto, se está aqui e aderiu a nosso chamado, companheiro, não me venha dizer que está preocupado com sua família e aqueles que imagina amar... Não acreditamos em amor, nós, os que aqui nos reunimos — a gargalhada foi geral, zombando do homem que ocupava o cargo de ministro. — Na vida, meu caro, é preciso fazer escolhas, e cada escolha tem lá suas consequências. O poder também acarreta consequências, e, delas, ninguém, nem mesmo nós, os dominadores do submundo, somos capazes de escapar, furtando-nos ao que a lei impõe. Esteja certo disso. Por isso nos unimos, pois unidos somos mais fortes. Ao aliarmos inteligência e conhecimento, adiamos o máximo possível os efeitos colaterais que o poder desencadeia."

Novamente, o especialista em política se aproximou da tribuna, enquanto o ser da escuridão permanecia ali, quase mumificado, de tão impassível, numa clara demonstração de sua disciplina mental. Quem se fixasse nele pensaria estar morto o mago, contudo, uma atividade mental febril se desenvolvia debaixo da aparência de imobilidade. Na realidade, ele estendia seus tentáculos mentais sobre todos os presentes, mas também, e acima de tudo, sobre o principal homem que os representava, com o qual haviam celebrado um pacto mais detalhado. Aquele homem sabia que nenhum laço poderia ser rompido sem causar interferências sérias aos planos traçados; nenhum compromisso poderia ser ignorado, e nenhum contrato, modificado sem causar transtornos graves e imediatos. Ao pensar nisso, o homem forte se via apreensivo, calado, sondando qual seria o objetivo de reunião tão solene.

— Atenção ao que direi a vocês, mas particularmente a você, homem forte — acentuou, induzindo o homem sentado ao lado de Ella a concentrar sua atenção no que falava. — Toda vez que quiserem que as pessoas vejam em você um ícone, um missionário ou alguém especial, que traz um diferencial a suas vidas, devem obedecer a uma regra simples no discurso e observá-la daí em diante. Crie uma narrativa que mostre o próprio passado como um período de lutas, de dores e de trabalho duro, dedicado ao objetivo de vencer na vida com muito esforço, alegando grande dificuldade e sofrimento. Trata-se de um gatilho essencial, eficaz não só no convencimento das massas, mas também de muitos intelectuais e religiosos bem-intencionados. Com isso, você ganhará muitos com uma única tacada. Emocione-se quando contar essa história, mesmo que seja inventada, mesmo que não tenha acontecido assim, com todos os detalhes relatados. Garanto: de saída você terá ganhado a batalha, já no primeiro *round*.

Um homem de negócios, também desdobrado, complementou, chamando para si a atenção:

— As pessoas valorizam quando alguém, aparentemente, vem de baixo, das camadas sociais mais baixas, e sobe lentamente, errando, caindo, até ascender a um posto de destaque, a uma condição melhor, seja a de empresário de sucesso ou de chefe de estado. Portanto, é preciso explorar essa situação como trampolim para implementar nossos objetivos.

"Imaginemos, ou melhor, estudemos a fundo como funcionam as histórias famosas contadas por Hollywood. Os super-heróis mais amados, tanto quanto os vilões mais aplaudidos, sempre vêm de um passado em que perderam pai, mãe, quando não a família inteira, em algum evento traumático. É assim com Super-Homem, Batman, Lex Luthor e Darth Vader, com ligeira variação entre eles, em meio a outros personagens que galgam ao sucesso com grande dificuldade. Não raro se veem forçados a abandonar a família para dedicar-se aos estudos, à preparação e, depois de assumirem o papel de mocinho ou bandido, acabam por atingir enorme projeção. Alguns, como o Super-Homem, perderam até mesmo o planeta de origem e emergiram de catástrofes inacreditáveis. Mais à frente, encontram o sucesso. Isso faz parte dos roteiros de Hollywood não por acaso; essas histórias exploram o imaginário popular no que tem de mais primário e universal. Na verdade, o pano de fundo dos mitos que originam esses personagens é o mesmo, em linhas gerais; basta mudar o nome do herói ou do vilão e dos coadjuvantes, o cenário e alguns elementos do enredo que o resultado será, com previsível certeza, o amor da multidão pelo protagonista."

— Então sugere que nos transformemos em personagens perante o povo? Não seremos nós mesmos nunca? — indagou alguém da plateia.

— Se querem exercer o poder com férula, seduzir as massas com ideias, é isso mesmo o que sugiro — tornou o empresário, sob o olhar de nítida aprovação do especialista em *marketing*. — Afianço que de modo algum conseguirão obter o domínio e permanecer no poder indefinidamente se não agirem assim. Somente aqui, entre nós, da liga de poder, em nosso partido e a portas fechadas, como se diz entre os encarnados, é que vocês poderão se mostrar como realmente são. Aqui caem as máscaras. Quando retornarem ao corpo físico, tudo não passará de uma atuação, uma representação no palco da vida, no palco da política, da economia e da religião, onde quer que operem. Imaginem se eleitores, adoradores ou subordinados, sem falar nos opositores, porventura chegarem a flagrá-los sem a máscara social e revelar quem vocês realmente são? Creem que manteriam alguma chance de dominar o povo, de permanecer no comando?

— Então não há escapatória: o poder sempre implica certo grau de teatralidade, é isso?

— Ou mentira, em nosso caso. Não há como não admitir isso abertamente entre nós. Representar nem sempre é mentir, mas mentir é essencial para quem quer dominar e se perpetuar no poder. Diga a verdade e todos o deixarão. Em nossa política, esta é a mais pura e a primeira verdade: minta sempre!

Ouvindo os ensinamentos ministrados, um

senhor bastante experiente na área — até porque, no corpo, desfrutava de posição privilegiada no governo — entrou na conversa, de maneira descontraída. Era um espírito respeitado entre os magos negros, e, talvez por isso sua opinião fosse levada na mais alta consideração, mesmo pela equipe auxiliar do homem forte, comparsas que lutavam com ele desde há muito tempo e, agora, estavam juntos, desdobrados.

— É crucial criar a ilusão de que o companheiro sempre foi uma pessoa simples, do povo. Isso encanta as gentes mais do que mil palavras, pois se identificarão com você. Mesmo gozando de muito dinheiro, usando e abusando de privilégios ou recebendo incentivos para o trabalho, de procedências diversas, nunca perca uma oportunidade de mencionar sua origem humilde, em meio à extrema pobreza. Visite os lugares de onde veio, fale deles à exaustão, acentue sempre o valor da pobreza e use as palavras e as emoções a seu favor. Até o próprio vocabulário deve refletir a realidade de quem provém de uma situação comum, popular.

O espírito que falara anteriormente gostou da interferência e acrescentou:

— Você, homem forte, tanto quanto seus correligionários — um verdadeiro batalhão, que se mostrará ao mundo sempre como se estivesse do lado do povo —, deve manter acesa a chama da procedência humilde e simples, como já foi destacado. Contudo, isso não basta. É fundamental, em seus discursos, demonizar todos aqueles que não passaram fome, não experimentaram a dor e o sofrimento que você reiteradamente afirmará ter vivido. Deve-se explorar ao máximo esse ardil, demonizando as classes abastadas e deixando muito, mas muito claro que a riqueza dos demais, principalmente de seus opositores, só existe devido à exploração dos mais fracos e mais pobres. Apele à inveja, à cobiça e ao ressentimento, instintos primitivos e eficazes para produzir o resultado que desejamos. Instigue o ódio de classes; divida a sociedade de todas as formas imagináveis. Falamos de uma ferramenta, um gatilho mental que provocará a adesão imediata do povo. Aliás, trata-se de uma ideia que nem precisa de maiores impulsos além da indignação já latente nos populares. Agir assim equivale a atiçar a lenha na fogueira, como se costuma dizer.

— E o que acha de atiçarmos ainda mais

esse fogo, companheiros? — entrou na conversa outro especialista da palavra, um dos mais cotados entre os magos da Liga dos 21, pois que atuara decisivamente em outros momentos históricos da América Latina e, também, de determinado país da Europa, o que fizera de maneira brilhante.

— Isso tudo me cheira a uma escola de guerra psicológica — falou o homem forte, finalmente se manifestando.

— Exatamente! Nossos conselhos talvez pudessem ser escritos um dia, como uma espécie de cartilha do inferno... — todos soltaram uma gargalhada.

Assim que se acalmou a assembleia de encarnados e desencarnados desdobrados, o autor da última pergunta, ou provocação, retomou-a e desenvolveu sua ideia:

— No intuito de acender e acirrar ainda mais os ânimos, devemos pôr em prática uma estratégia para evitar que o povo tenha tempo de pensar. E a melhor maneira de fazer isso é jogar uns contra os outros. Além de propalar a ideia de que os mais abastados enriqueceram necessariamente à custa dos mais pobres, é essencial apregoar que ser rico, bem como nascer rico ou com possibilidade de gerar riqueza, é algo não apenas ruim, mas imoral, que denota mau-caratismo, em contraste com a realidade dos fracos e oprimidos. Eis nossa meta: subverter os padrões da sociedade e encher de vergonha as classes dominantes, pois aí se curvarão definitivamente a nossos interesses. Bateremos e bateremos nas elites com um único propósito: que venham aliar-se a nós, longe dos olhares do público, obviamente. Ademais, é evidente que o povo jamais notará a fortuna que esbanjam; caso alguém o faça, basta apelar à narrativa de origem humilde, fazer-se de vítima e alegar que as elites não suportam o pobre que sai da pobreza.

"Lembrem: ser ou não ser contraditório não é a questão; importa é mentir com convicção, persistência e, de vez em quando, lágrimas nos olhos, para dar um toque especial. Se cumprirem o que digo, eu lhes asseguro: terão a multidão a seus pés. A massa acreditará em qualquer coisa, principalmente se acentuarem a desgraça da população, solidarizarem-se com ela e projetarem a culpa pela pobreza sobre seus adversários, os grandes opressores.

"Ao levarmos a cabo essa tática, aprimorando-a e revestindo nossas teses de uma fachada brilhante em defesa dos oprimidos, conquistaremos forte apoio entre artistas e intelectuais, que devem estar do nosso lado. Trata-se de uma classe influente, cuja importância reside justamente no papel que exerce, de formação de opinião, tanto nas mídias quanto no sistema educacional. Pouco importa a motivação de seus integrantes: quer seja porque iludidos, imbuídos das melhores aspirações, quer seja por desejo de se unirem a nós para viver à custa do estado, fato é que propagarão espontaneamente nossa causa se soubermos arregimentá-los corretamente.

"Essa estrutura de pensamento encerra dois pilares centrais, como podem observar. Primeiro, demonizar os adversários, sobretudo os que não têm uma história de vida como a contada por vocês, ainda que esta seja uma história forjada, de lutas, dores e sofrimentos. Em segundo lugar, manter os pobres na pobreza — e, mais importante, na ignorância —, pois queremos a massa de manobra à disposição, e, portanto, deve ser mantida indefinidamente no contexto da miséria. Quem estiver sem terra, sem casa, sem lugar para morar precisa permanecer assim por tempo indeterminado, contanto que alimente a crença de que seu líder lhe dará direitos, estará a seu lado, velando pela gente humilde como um pai. Deem-lhe migalhas e prometam mais! Ganharão não somente sua confiança, como sua adesão passional a planos e discursos. Com a devida técnica, esses fantoches estarão dispostos a fazer guerra e morrer por vocês.

"Para que o segundo pilar se sustente, é compulsório glamorizar a favela, glamorizar a cultura da periferia, quando não a falta de cultura; é obrigatório que as expressões chulas e a fala mais rasteira e tosca, eivada de erros, sejam transformadas numa espécie de identidade, que cativará o maior número de pessoas possível. A vulgaridade, desde que embalada sob o rótulo da originalidade, encanta os intelectuais politizados e contestadores, os quais a acolherão como a manifestação popular mais genuína, como a voz e a verdade do povo, em perfeita sincronia com a emergência do líder operário, carismático e redentor. Assistimos ao advento da salvação política, meus caros! E toda salvação, mesmo secular, precisa de um messias. Exploremos a fé, a utopia de que o mundo se redimirá por meio dos governos mundanos.

"Ainda no plano cultural, associaremos à realidade das favelas a ideia de vanguarda, de um local onde o simples é melhor do que o complexo das cidades grandes, de modo a ser um lugar onde vigerão princípios baseados em camaradagem, lealdade e amizade espontânea entre as pessoas. Em suma, ao mesmo tempo que se falar em transformação social, emprestaremos uma ideia romântica ao quadro atual, rebaixando ao máximo as aspirações gerais, uma vez que nosso governo efetivamente não pretende modificar tal realidade. Vamos mudar, sim, a opinião das pessoas; vamos mudar o vocabulário delas sobre esse e vários outros temas. Isto também agrada aos chamados intelectuais: alterar o nome dado às coisas, ainda que sem renovar o conceito, ocasiona extrema excitação."

O aplauso veio espontaneamente por parte da plateia. Sorrisos maliciosos se estamparam nos rostos daquele grupo, que, sem nenhum constrangimento, desrespeitava a situação em que a gente mais pobre se encontrava. Mesmo fora do corpo, maquinavam sobre como usar as pessoas para seu projeto de poder, numa clara manipulação do quadro popular calamitoso em benefício de si próprios.

O espírito das trevas, o mestre em manipulação por meio de *marketing* político, gostou do viés que a reunião aberta por ele tomara, pois constatava o êxito da doutrinação de seus interlocutores, que se capacitavam para agir em sintonia com os projetos sombrios. Acrescentou:

— É imperativo insuflar a ideia de que falta de cultura e conhecimento superficial denotam humildade, de que preguiça e mediocridade significam sabedoria e são atributos de quem sabe como aproveitar a vida. O consumo de produções vis, músicas de baixa qualidade e de futilidades em geral deve ser estimulado como o alimento ideal para a alma. Paulatinamente, a superficialidade tomará o lugar da profundidade, e o ruim será visto como bom; por outro lado, o conhecimento real e a educação de primeiro nível devem ser desprezados como coisa das elites, atributo de gente privilegiada e preconceituosa. Desejamos futuras gerações incapazes de pensar por si próprias.

"No âmbito internacional, uma vez que queremos poder em nossas mãos, é fundamental apoiar um estado forte, centralizador e concentrador de riquezas. Apoiem o socialismo, não importando em que país ou a forma como essa doutrina política se manifeste. Há outras bases a fortalecer em diferentes partes do mundo. Porém, não se inquietem! — observou, com uma pitada de cinismo. — Quando quiserem, podem visitar Nova Iorque, Londres, Paris e usufruir dos bens de consumo que o capitalismo produz. Essa é uma conquista de vocês, que tanto têm dado de si em prol de nossa organização, dos dois lados da vida."

A plateia respirou aliviada. Sob tais condições, todos trabalhariam com mais fervor e desenvoltura. Afinal, todos se julgavam merecedores de uma trégua de tempos em tempos, pois a guerra só terminaria com o aniquilamento dos rivais e a garantia do poder soberano.

Voltando-se para Ella, a mulher que acompanhava o homem forte, o especialista falou-

-lhe diretamente, olhos nos olhos:

— A você, Ella, caberá convencer o povo de que sofreu muito e foi vítima de tortura, durante o período em que esteve presa, na juventude. Em toda oportunidade que tiver, reafirme que lutava pelo ideal democrático e por justiça social. Jamais permita que o povo conheça a realidade de seu passado. Assim, você continuará o que o homem forte começou; poderá manipular a opinião pública ao lançar mão da narrativa de que foi perseguida, vítima de maus-tratos quando era absolutamente inocente. Quase ninguém se ocupará de pesquisar a história real caso você siga à risca nosso projeto. Se porventura descobrirem algo, basta dizer que qualquer crime foi cometido exclusivamente contra os militares no poder, unicamente para restabelecer a democracia. Esse espírito de mártir sempre conquista a população em geral, ainda mais no Brasil, onde há tanta credulidade e pouca disposição para a pesquisa e o estudo da história. Aliás, essa é outra razão que demonstra como é importante fomentar a ignorância, desestimular a leitura e glamorizar tudo quanto seja simplório ou inculto.

"É indispensável que seja vista como alguém que superou a dor, o sofrimento do cárcere, a perseguição gratuita e, apesar de tudo isso, venceu na vida e chegou ao topo da cadeia de comando. Explore, também, o fato de ser mulher; apele a todos os estigmas que envolvem a figura feminina e faça-se de vítima tanto quanto possível. Quanto mais divulgar que sofreu, mais mulheres atrairá para lhe apoiarem incondicionalmente. É evidente: tudo depende de sua postura e de seu discurso, mas sabemos muito bem que você é capaz, devido às suas credenciais pretéritas."

Todos miraram Ella com um olhar de aprovação. O expositor, então, concluiu:

— Por fim, você constituirá um ícone nacional, mulher guerreira, vencedora, que provará às demais também ser possível o sucesso. Chefe de estado e de governo, vitoriosa, inspiradora, será aplaudida por todos e todas. Assim sendo, apele à dimensão emocional, comova-se, exiba lágrimas ao falar de seu passado. Afinal, a massa adora ver uma personalidade importante emocionada.

Riram todos das sugestões do especialista de *marketing* político. A partir daquele momento, formaram-se grupos de discussão, segundo a temática e o projeto de cada um. O homem forte e Ella deixaram o ambiente, conduzidos por um sombra. O mago negro, que assumira aspecto de estátua desde sua intervenção, subitamente despertou do transe, durante o qual sondara e impressionara o pensamento dos dois atores principais ao máximo. Era capaz de manejar a própria mente com notável disciplina, dotando-a de tentáculos férreos e penetrantes.

A dupla foi levada a outro ambiente, onde seria submetida a procedimentos especiais perpetrados pelo mago e seu séquito. O objetivo das inteligências sombrias era fixar os projetos e os passos a serem dados, impregnando-lhes a memória espiritual de modo que, quando retornassem ao corpo, o processo fosse seguido à risca. Antes mesmo que os dois encarnados adentrassem a câmara preparada com tal finalidade, onde seriam imantados e teriam conexões implantadas em seu corpo espiritual, por meio das quais os dominadores do submundo os manipulariam à distância, o mago negro comentou com seus cúmplices:

— Temo pela saúde mental de Ella. Sua

mente dá sinais de exaustão; parece não aguentar tanta informação, e temo que sucumba. Desde as últimas experiências, na vida anterior, dá mostras de que pode perder- -se, adoecer. Compete a nós empregar recursos para evitar que enlouqueça ou apresente surtos de instabilidade psíquica que possam nos prejudicar. Ela está visivelmente abalada. Creio que nosso domínio mental acentuado sobre ambos, porém há mais tempo sobre ela, tenha provocado alguma susceptibilidade.

A despeito da constatação, o hábil magnetizador prosseguiu com o previsto. Na verdade, ele era responsável pela instauração de um tipo de obsessão de altíssimo grau de perigo. Estava em curso um tipo específico de subjugação, sobejamente delicado.

A LIGA

"A fé é o firme fundamento
das coisas que se esperam e a prova
das coisas que não se veem."

Hebreus 11:1

 LUGAR ERA LUXUOSO. Um hotel privilegiado fora escolhido com extremo cuidado, obedecendo-se à estratégia montada por defensores do sistema vigente. Porém, os olhos humanos não seriam capazes de perceber além da fina película sensível das dimensões, onde se encontrava o foco das atividades.

Dois meses antes, intenso e estranho movimento teve início no local. Um grupo de especialistas penetrou as dependências do hotel; sondava as instalações e procurava selecionar a suíte que se tornaria o posto avançado da comitiva organizada pelos magos da escuridão. Com efeito, um complexo de 17 bases, no total, havia sido construído desde 2002, abaixo da superfície da cidade. A partir da subcrosta, levaram a cabo a instauração do ambicioso processo obsessivo, de larga abrangência e de inúmeras implicações, o qual se multiplicou, a começar pelos dirigentes políticos e pelas autoridades, que ofereceram ressonância à ação nefasta. Não obstante, o momento exigia a montagem de um gabinete provisório de crise, acima da superfície, de onde se desfecharia um ataque direto sobre quem se indispusesse contra os interesses da liga da maldade. Partiriam à ofensiva final em todas as frentes, uma vez que o regime estertorava, em seus últimos esgares.

No hotel, ergueriam um aparato, por meio do qual poderiam se infiltrar na mente de todos aqueles que ali comparecessem, a convite do chefe da horda em pessoa. Os magos orientaram sobre cada pormenor da montagem dos equipamentos de tecnomagia, que consistiam num misto de aparelhos da técnica astral inferior — tais como projetores de formas-pensamento, de imagens e de elementos oníricos — e de organismos vivos, entre eles, vibriões e elementais artificiais e naturais viciados pelos próprios magos. Todos os dispositivos objetivavam inflamar e afetar o psiquismo de quem se colocasse à mercê dos arquitetos da destruição e do chefe da horda.

— Faço questão de supervisionar tudo pessoalmente — sentenciou, com voz macabra, o ser abjeto, que era, desde remotas eras, um dos magos mais temidos do Oriente. Saiu pelos corredores do hotel, certificando-se de que todas as ordens tinham sido cumpridas com exatidão. Os aparelhos foram estrategicamente montados, desde aqueles instalados no elevador até os que havia no piso, nas paredes e no teto do corredor que levava ao aposento luxuoso escolhido como antro de ataque mental aos cortesãos. Muito estava em jogo, e, portanto, poriam todo o arsenal mental e emocional em campo. O mago arrastava seu manto rubro sobre o chão pegajoso, cena que os mortais encarnados eram poupados de ver. A aura maligna refletia-se nas paredes, como se alguns holofotes, de pequena intensidade, irradiassem uma luz roxa com halos vermelhos no entorno.

Em dado momento, ao acompanhar seus subordinados e especialistas, comunicou-lhes:

— Vou esculpir nossos símbolos agora. Liberarei as energias dos elementais e, depois, chamarei os antigos deuses da escuridão.

O mago pronunciou algumas palavras ininteligíveis, mas carregadas de profunda força mental. De repente, é como se o ambiente se dissolvesse. As paredes da suíte e dos corredores pareciam se dilatar, movimentar-se e retrair-se; logo em seguida, moveram-se novamente e voltaram à normalidade. De fato, tudo isso era percebido somente na dimensão extrafísica. A cada repetição das frases ritualísticas, o mago aumentava a força mental, com a qual impregnava o lugar. Até os subalternos com ligeira experiência, pois eram feiticeiros do pensamento ou peritos dos instrumentos de tecnomagia, ficaram atônitos e com bastante medo. Partiram em desabalada carreira e só não abandonaram o hotel porque foram barrados nos corredores pelos sombras, isto é, pela milícia das trevas a serviço do lorde do Oriente.

Depois de o mago repetir mais três vezes os mantras cabalísticos, que reverberavam no recinto, apareceram figuras escritas na parede. Eram símbolos que tanto representavam como potencializavam a força mental que ali seria manipulada; signos de poder que ajudavam a concentrar a energia psíquica do mago e que, ao mesmo tempo, alimentavam quem dela se utilizava, proporcionando certa sensação de vigor ao artífice da magia no plano físico. Desconhecidos pelos homens do século XXI, os signos cabalísticos pareciam ganhar vida à medida que o mago preparava cada um, saturando-o de força mental e emocional. Ao fim daqueles ritos de magnetização, cada aparato se convertera num condensador energético de alta potência e baixíssima frequência vibratória. Havia símbolos enigmáticos por todo lado, mas a sofisticada parafernália permanecia oculta aos encarnados.

Repentinamente, outros magos chegaram. Vestiam trajes estranhos, túnicas que lhes cobriam a cabeça e se arrastavam pelo chão. Propositalmente, deixavam um rastro de fluidos moribundos, os quais deveriam impregnar, no momento certo, a estrutura psicofísica dos alvos que por ali passassem. A cama fora especialmente trabalhada, bem como os demais móveis da suíte. Ao leito, o mago-chefe da liga, juntamente com os recém-chegados, resolveu dedicar mais tempo. Sabiam que o local seria usado, em breve, para o descanso de quem correspondia às suas expectativas e de quem, naquele período, deveria se fortalecer para os embates que protagonizava no mundo dos homens. A face do espírito sombrio era toda marcada por sulcos profundos, que denotavam sua grande dificuldade em manter a forma perispiritual, já em franco processo de degeneração. Com a finalidade de consumar a imantação da cama e das outras peças do ambiente, o mago resolveu deitar-se sobre a primeira.

— Aqui ficarei por tempo indeterminado — avisou com a voz rouca, tossindo e liberando estranha fuligem de fluidos nocivos durante o tempo em que falava. — Permanecerei estirado aqui, estrategicamente, de modo que, quando nosso pupilo se recolher, poderei me acoplar, célula por célula, ao corpo dele. Assim que ele adormecer, minha mente será sua mente, e seus pensamentos serão meus pensamentos. Seremos um só.

Deu-se início a um processo de aparente mumificação do corpo espiritual. Os olhos do mago se petrificaram a tal ponto que lhe conferiram o mais perfeito aspecto de morte, como se toda a vida tivesse se esvaído subitamente. O golpe de vista, ou a ilusão de ótica, produzido era impressionante, mas ele apenas adentrara o estado de animação suspensa. Concentrara os sentidos com a mais absoluta disciplina mental e, a partir de então, desencadearia nova etapa dos planos diabólicos. Precisava de, no mínimo, um mês naquela condição, imóvel, e, para isso, tinha todo o tempo do mundo.

— Ele está em ação há muito mais tempo

do que nós — falou uma voz gutural de uma sombra que se arrastava no ambiente. — Vive nesta dimensão sem reencarnar faz pelo menos mais de dois mil anos. Além do mais, esse processo de tecnomagia requer preparação minuciosa; o próprio mago que o desencadeia deve se envolver mental e emocionalmente para que ele funcione em plenitude.

O líder da liga de dominadores das regiões sombrias repousava o corpo espiritual sobre o leito, aglutinando toda a força do pensamento naquilo que pretendia consolidar, isto é, uma das mais elaboradas e ambiciosas ofensivas de natureza obsessiva, que, então, deveria galgar nova etapa. Tão logo ali se deitasse, a cada noite, o hospedeiro, que era peça-chave no estratagema, receberia uma transferência de energia desarmônica, levando a níveis ainda mais agudos a simbiose já em curso. Enquanto isso, os demais senhores da escuridão deram-se as mãos. O círculo formado pelos magos projetou um sinal, uma espécie de anel, que demarcou o território no piso do lugar, no solo astral, portanto, imperceptível a quem quer que circulasse por ali nos próximos meses.

Imantaram o local de maneira que quem ali comparecesse para conversar com o médium dos magos, o chefe da conspiração entre os encarnados, sairia magnetizado; sua mente, a partir daí, seria afetada com a intrusão de formas-pensamento imiscuídas pelo líder — ou pelos líderes —, encarnado e desencarnado, em processo de simbiose psíquica e emocional. Constituía uma variedade de obsessão que os grupos espiritualistas ainda não sabiam como abordar, pois ultrapassava os métodos habituais, tanto em complexidade como em crueldade, no máximo grau. Com efeito, as forças das sombras jamais poderiam permitir que vingasse a ameaça de que o poder lhes escaparia das mãos. Ao contrário, consideravam que a investida final sobre aqueles que os auxiliariam a se manterem no controle da nação poderia não apenas reverter o quadro parcialmente desfavorável, mas assegurar o avanço das conquistas naquela batalha absolutamente decisiva.

Assim que dois dos magos se retiraram do recinto, depararam com um homem, um encarnado, que caminhava no corredor, talvez um serviçal qualquer. O homem, ao andar por

ali, deteve-se por uns instantes, arrepiando-
-se todo. Corpo e mente emitiram um alerta.
Tonteou, cambaleou e quase foi ao chão tamanho o vigor mental dos sujeitos promotores
da operação de guerrilha montada no hotel.

Tudo estava preparado para receber a comitiva; o líder, aliado encarnado e copartici-
pante da horda de seres, manteria ali seu gabinete temporário. Diariamente, os magos
reforçariam o trabalho de imantação do lugar,
de cada peça do mobiliário. Tudo deveria estar apto a servir de mecanismo de influencia-
ção, de instrumento de manipulação fluídica,
de condensador energético, que seria usado
sobre quem quer que fosse convidado a tratar
com o líder daquele grupo de pessoas apega-
do ao poder.

Uma vez que todos os dispositivos de in-
dução e projeção mental e emocional estavam em funcionamento, era hora de instalar
outros onde morava cada um dos assessores
e partícipes do processo criminoso em andamento no país. Os parlamentares, os gover-
nistas, os apoiadores e mesmo os ferrenhos
opositores seriam alvo de uma diligência in-
cumbida de montar, em escala menor, apara-

to semelhante em suas residências. A horda do mal pretendia abarcar a totalidade deles, a fim de submetê-los à influência hipnótica quase incessante, pois o que estava em jogo era de extrema importância para os senhores da escuridão. Contudo, os magos não contavam com duas coisas que aconteceram totalmente fora do previsto.

— Preocupo-me, Watab. É tão densa a realidade no quarto de hotel onde a liga das sombras ergueu sua base provisória que, talvez, não consigamos nos mover em meio aos fluidos e às formas-pensamento completamente espessos e tóxicos em tamanha concentração. É seguro inferir que há figurões tarimbados conduzindo o processo de magia. Deparamos com uma situação análoga na Bolívia e na Venezuela. Lembra-se? Sem convocarmos nossos agentes encarnados, tanto do Brasil quanto da Europa, para nos auxiliarem naquela ocasião, nada poderia ter sido feito.

— Claro que me lembro, Jamar, principalmente na Venezuela, em janeiro, quando dois agentes da Europa tiveram de se dirigir para lá, a fim de contribuir com a produção de energia psi e com a doação de ectoplasma.

Somente depois disso é que pudemos intervir entre os representantes das sombras que se albergaram na Assembleia Nacional daquele país. O ano de 2016, de fato, tem sido decisivo para a América do Sul.

— Os indícios levam a crer que os mesmos espíritos estão em ação aqui, no Brasil, onde o aparato montado deve ser ainda mais elaborado.

— Eh, amigo... só chamo quando as coisas esquentam cá, no mundo dos homens.

Jamar riu discretamente e comentou:

— Estamos em guerra espiritual contra as forças da maldade, meu caro guardião. Estarei à disposição quando necessitar. O que me aflige não é isso, mas o estado de ilusão mental e de envolvimento emocional dos que se dizem do bem e acreditam atuar em favor da política divina do Cordeiro. Grande parcela está hipnotizada e a tal ponto que não admite sequer cogitar a possibilidade de estar equivocada.

— Ou seja, se os magos têm sucesso ao fazerem uma lavagem cerebral e mental nos que se dizem do bem, o que esperar daqueles que ainda nem despertaram para a realidade espiritual?

Ambos se olharam apreensivos em relação ao futuro do país e do continente.

— A situação por aqui, neste continente, ainda está distante de se encaminhar. Resta-nos dedicarmo-nos a uma batalha por vez. Façamos a nossa parte e deixemos os encarnados se incumbirem do que lhes compete nesta guerra travada entre as forças das trevas e as da evolução e do progresso.

A Estrela de Aruanda conduzia guardiões e recebia muitos representantes do povo, em desdobramento, juntamente com espíritos que, no passado, serviram ao país, como autoridades ou como cidadãos comuns. A imponente nave etérica sobrevoava a periferia do Distrito Federal.

Jamar, Kiev e Watab prosseguiram rumo ao quartel-general montado no hotel, à beira do lago, pelos encarnados que apoiavam o sistema criminoso, o qual conseguira, bem mais do que todos os outros grupos, dar ar de normalidade à vida pública nacional, ao mesmo tempo em que institucionalizara a corrupção em nível tal que, dificilmente, seus adversários seriam capazes de copiar, em intensidade, abrangência, detalhes e irresponsabilidade, a hediondez que produziram. Evidentemente, os tentáculos desse sistema se alastraram por diversas instâncias do Brasil, ramificando-se ao longo dos anos. Portanto, não bastaria se retirarem alguns protagonistas do poder para se escoar toda a água que ameaçava inundar a embarcação. O sistema estava encharcado pelos fluidos nocivos emanados da liga de magos, de suas mentes diabólicas, que, a todo custo, tentavam afundar os destinos do país, pois sabiam que, uma vez livre de suas garras, o país cumpriria seu legado espiritual. Não poderiam permitir tal fato de forma alguma.

Depois de passarem pelo Panteão da Pátria, tomaram a direção nordeste, no sentido do edifício onde se instalara o gabinete paralelo das sombras, embora os atores da novela política nacional nem soubessem que eram monitorados, manipulados por uma elite da escuridão — com alguma exceção, é claro.

Nesse ínterim, o homem no hotel conseguiu se reerguer tão logo os magos negros passaram por ele, ignorando-o, não obstante tenham notado, de relance, algo ligeiramente diferente no serviçal. Entretanto, como ditadores orgulhosos, desprezaram aquele humano, quem julgaram insignificante. O funcionário, quase trôpego, dirigiu-se à ala onde poderia se sentir mais à vontade, num ambiente destinado a quem ali trabalhava. Foi direto ao banheiro e vomitou. Vomitou muito, como quem houvesse assimilado em boa medida os fluidos mórbidos emanados pelos seres das sombras. Em seguida, fechou o vaso sanitário e sentou-se sobre a tampa. O luxuoso hotel estava cheio naquele dia. Portanto, somente ali conseguiria relativa tranquilidade.

Foi nesse momento que os magos tiveram sua atenção despertada. E os guardiões também, simultaneamente e no mesmo exato instante. O quadro inteiro se modificou por completo. Um som estranho a princípio. Uma pessoa soluçava dentro do banheiro reservado ao pessoal de serviço. Vinha de alguém que ocupava um dos menores e menos importantes cargos naquele complexo de luxo. Como de costume, o homem se movimentou na cabine apertada e, depois de algumas tentativas, ajoelhou-se em cima da tampa do vaso. Ajoelhou-se e orou fervorosamente, como era hábito seu e entre os irmãos de fé. Era um homem religioso, evangélico por convicção e de fé sincera. Ardorosamente, elevou seu pensamento a Jesus, em oração, e chorou, emocionado, clamando por socorro. Recostou-se na porta, pois se colocara numa posição incômoda, devido ao pouco espaço, e se derramou por inteiro na prece sentida, que partia do imo da alma crente. Cerrou suas mãos da maneira como pôde e se deixou descansar nas ondas de paz que procurou captar. Aos olhos de alguém desprevenido, pareceria apenas um ser extremamente carente. Porém, sua prece abriu portais de outras dimensões. Seu semblante retratava preocupação, mas, também, fé inabalável. Silenciosamente, movimentava forças e energias que os magos jamais poderiam imaginar que seriam emitidas a partir dali, seu quartel-general escolhido a dedo pelos comparsas encarnados, sob sua inspiração direta. Oração, aliás, era a última coisa que esperavam ali.

— Fomos traídos! — gritou um dos magos que ficaram dentro do apartamento, no mesmo hotel onde o jovem homem se encontrava. Saíram feito loucos procurando a fonte da energia estranha que, repentinamente, abalara seus planos. Contudo, outro grupo, mais rápido, fora imediatamente chamado, e entraram em ação.

Jamar e Watab, na companhia de Kiev, literalmente desapareceram do local em que estavam e se transportaram juntos para onde o rapaz permanecia ajoelhado. Estavam numa dimensão diferente daquela na qual o homem se movia. Assim, foi perfeitamente possível a todos ocupar o mesmo ambiente, muito embora tenha sido em outra equação de tempo--espaço. Enquanto Jamar aguçava seus sentidos, sondando todo o prédio onde se montava o gabinete dos proscritos, Watab e Kiev auscultavam os pensamentos do jovem em oração. A simples presença dos três guardiões ali impedia que os magos se aproximassem do homem ou que tomassem alguma providência contra ele. Todavia, Jamar ergueu os braços e, numa das mãos, empunhou a espada presenteada diretamente por Miguel, o príncipe dos exércitos celestes. Na verdade, a espada era um instrumento de manipulação de energias da quinta e da sexta dimensões, algo completamente desconhecido dos mais inteligentes cientistas das sombras.

Jamar preferiu criar um campo de invisibilidade em torno do rapaz. Tudo se passou em menos de um minuto. Quando o guardião guerreiro empunhou a espada e fez um círculo no ar, mais círculos e mais vezes bramiu o instrumento de alta energia, até que um escudo protetor se levantou, em forma de bolha, em torno do homem, que se mantinha ajoelhado, em profundas concentração mental e comoção. Os magos não poderiam prejudicar o serviçal, que se fizera do passaporte de que os guardiões precisavam para adentrar o ambiente vibratoriamente insalubre, até ali vedado inclusive para espíritos da estatura dos guardiões.

— É um dos nossos guerreiros encarnados — falou Watab, olhando para a aura do rapaz enquanto este balbuciava uma oração.

— As orações sinceras que ele proferiu foram ouvidas, e aqui estamos para interceder. Ele pede por seu país e pede auxílio contra as forças do mal, que percebeu com nitidez.

Os dois guardiões silenciaram diante do momento solene de oração. A partir de então, designaram um guardião, o qual foi encarregado de auxiliar o rapaz e de protegê-lo. Terminando a oração e com visível emoção, este começou a cantar bem baixinho:

Castelo forte é nosso Deus,
Espada e bom escudo.
Com seu poder defende os seus,
Em todo transe agudo.

Os guardiões revestiram-se, também, de potentes campos de força e de invisibilidade, e saíram dali, deixando um escudo protetor em torno do rapaz. Diante da gravidade da situação, decidiram chamar um guardião das ruas, um exu, a fim de dar suporte ao jovem, pois tais espíritos estavam habituados a lidar com energias mais densas, terra a terra. Logo em seguida, entraram no ambiente da suíte completamente invisíveis aos magos, que ali se dedicavam a imantar com afinco cada móvel e cada peça de decoração do quarto de hotel.

— Olhe ali, Jamar — Watab apontou o mago deitado, hibernando sobre a cama onde repousaria, dentro de alguns dias, aquele que faria daquele local seu gabinete paralelo.

— Que faremos? — perguntou Kiev, desembainhando sua espada.

— Aquieta-te, guardião! — disse Jamar para o amigo. — Estamos no quartel dos inimigos do bem, da justiça e da equidade. Devemos nos portar respeitando até mesmo aqueles que se opõem ao bem e à justiça.

— Mas aqui está sendo engendrado um plano dos mais sórdidos — argumentou Kiev ante o guardião superior.

— Sei disso, amigo, sei disso. Mas não se esqueça de que convém usar as armas do espírito.

Kiev ficou sem entender o que estava por trás das palavras de Jamar, mas aceitou mesmo assim, pois confiava plenamente no guardião superior.

Jamar novamente sacou sua arma e a bramiu no recinto, formando correntes de energias poderosas, sem que os magos ali presentes pudessem percebê-las, porque eram mais sutis do que eles alcançavam. Abriu-se, no contexto espaço-tempo de uma esfera superior, uma trilha energética que fazia um caminho direto a outra dimensão. Uma luz cristalina descia do outro lado, rumo àquele quarto, sem, contudo, impedir aos sicários do astral que continuassem executando suas estranhas pantomimas e rituais, que evocavam forças ocultas do mundo inferior.

Olhando para os amigos, falou, solene, o guardião Jamar:

— Chamei por Ismael, o responsável pela ordem e pela disciplina nas terras do Cruzeiro do Sul. Está na hora de ele honrar o legado que lhe foi confiado pela Divina Providência. Não é nossa responsabilidade o que sucede aqui. Se fosse da alçada imediata de Miguel, as coisas seriam diferentes, mas convém respeitar a hierarquia.

Watab fitou o companheiro e entendeu que ele passava à instância adequada o compromisso de interferir ali. Estavam diante de um desafio que demandava prudência. Além do mais, precisavam se apressar. Fizeram o que lhes competia naquela situação. Com seus gestos e sua espada em punho, Jamar desconfigurara a aparelhagem instalada na suíte e nas paredes do hotel com uma grande vantagem adicional. Devido à sua discrição ao interferir no caso, os especialistas dos magos somente se dariam conta do porquê de a estratégia deles não ter funcionado bem mais tarde.

REALIDADE EXTRAFÍSICA

"Naquela ocasião Miguel, o grande príncipe que
protege o seu povo, se levantará.
Haverá um tempo de angústia tal como nunca houve
desde o início das nações e até então."

Daniel 12:1

ISCORDO DA interpretação de que o projeto de domínio do Brasil posto em prática atualmente representa uma vertente do marxismo, tampouco acredito que seja um tipo de bolivarianismo, como pensam alguns de nossos amigos políticos — falava Juscelino para o amigo Mauá, numa conversa particular entre ambos. Juscelino não queria que suas ideias pudessem influenciar outros espíritos ali presentes, principalmente aqueles cujos nomes estavam de acordo em omitir, sobretudo porque eram relativamente recém-chegados ao mundo astral e, por isso mesmo, associados às questões nacionais com demasiada paixão. Discernimento e ponderação eram virtudes necessárias para se avaliarem certas matérias, uma vez que sua presença ali guardava menos relação com os assuntos estritamente políticos e mais, muito mais, com os aspectos espirituais por trás da política dos homens.

— Se é assim, como vê a situação atual? Confesso que, no que concerne à política terrena dos dias de hoje, estou bastante desinformado, pois me encontro mais envolvido com temas de ordens social, filosófica e metafísica.

—Veja bem, Mauá, o caso da Venezuela, por exemplo, segundo meu ponto de vista, é claro. Não se pode crer que Hugo Chávez [1954–2013] tenha evocado o nome de Simón Bolívar [1783–1830] de maneira fortuita, simplesmente como símbolo de uma postura anti-imperialista, a qual se traduziu como antiamericanismo; acredito que o fez por razões bem mais pragmáticas. Na verdade, valeu-se de um ícone tão representativo para o povo venezuelano sobretudo como forma de angariar apoio para o plano que tinha de dominar a nação, perpetuando-se no comando. Acabou por governar o país por cerca de 14 anos, até sua morte, mas é flagrante, em sua trajetória, que era um homem nitidamente revoltado e com profundos problemas obsessivos. Julgava um infortúnio renascer em uma nação de terceiro mundo, sul-americana, quando antes fora líder de um país europeu. Teve de se submeter a essa imposição. Porém, sua revolta, como espírito, era enorme. No fundo, intuía que jamais usufruiria novamente do prestígio e da supremacia de outrora e, a partir de determinado ponto, talvez soubesse que seria banido após a encarnação venezuelana.

Não é o que ensinam os guardiões sobre reurbanização extrafísica? A exasperação em face do inevitável, que se aproximava dia a dia, motivou-o a empregar variados subterfúgios a fim de se perpetuar na presidência a qualquer custo; era uma espécie de compensação, como se pudesse, conservando o poder temporal, escapar à lei divina.

— Com efeito, muitas coisas, vistas do lado de cá da vida, não são exatamente como contam os livros de história e certos biógrafos de personalidade.

— Sem dúvida, meu caro Mauá. Além do mais, todos modificamos nossa perspectiva e, por conseguinte, nossas opiniões, principalmente tendo transcorrido as duas primeiras décadas após nossa chegada a este lado. Aí, sim, é que mudamos a visão de mundo, bem como acerca da política e da vida como um todo.

"Continuando minhas observações, tive a oportunidade de visitar Chávez algumas vezes depois de seu falecimento. Em sua insanidade, assim que aportou nesta dimensão, ele aprofundou o processo de desequilíbrio ao qual se arrojou ainda quando estava no corpo físico.

Encontra-se completamente ensandecido, e o pior é que, em boa medida, atrelou-se magneticamente a um amigo seu aqui, no Brasil."

— Ainda assim, temos de trabalhar junto dele, tentando trazê-lo à realidade, apesar de sabermos que não voltará a nascer no planeta — afirmou Mauá, referindo-se, de modo mais abrangente, à atuação dos guardiões sobre diversos líderes da política desencarnados.

— É verdade. Certa vez, alguns de nós, espíritos que exercem mandato na política, fomos convidados para ouvir a palavra dos guardiões. Na altura, procuravam arregimentar pessoas com vocação de liderança, dotadas de carisma, cuja palavra e cujo pensamento pudessem produzir impacto magnético real sobre as massas, a fim de auxiliarem nos processos decorrentes da crise aguda pela qual passava a Europa, principalmente em países como Grécia e Itália. Por essa ocasião, tive contato com a realidade de diversos ex-políticos do mundo e, então, concluí que a maioria de nós está severamente comprometida com as leis divinas. De minha parte, Mauá, somente naquele momento, percebi, com a devida clareza, como atrapalhei o progresso do país em algumas de minhas definições e deliberações. E tudo o que fiz fiz com a convicção de estar ajudando, ao contrário do que muitos pensam.

"Aprendemos que, para a justiça sideral, da qual os guardiões são representantes, realizações do bem têm mais peso, mais valor do que o mal desejado, praticado ou instigado. No entanto, ao descobrir que não fui político apenas na última vida e que a soma de nossos desacertos não é tolerada indefinidamente, ou seja, está sujeita a determinado limite, fixado pela lei..., dá para ter medo, caro Mauá, considerando-se o período de transmigração já em curso. Pelo menos no meu caso e no de quem está aqui conosco, nenhum de nós se aliou voluntariamente a forças do mal, do mal organizado, tampouco se prestou deliberadamente a seus desmandos. Erramos muito, mas foram erros de percurso, que podem ser atribuídos à imaturidade, à ingenuidade, à falta de prudência e de sabedoria, mas não à resolução de corromper."

— Diferentemente do que se passou com Chávez e com outros que ainda se mantêm no poder.

— O quadro é preocupante mesmo — tornou Juscelino. — Esse discurso ideológico, que exalta algum tipo de revolução ou movimento revolucionário, muito raramente na história produziu bons resultados. O socialismo, ideologia cujo histórico tem sido uma calamidade, está em seus estertores; ele inspirou a maior parte dos regimes totalitários já existentes — e note-se que totalitarismo não é sinônimo de ditadura, pois vai além. No entanto, como feras acuadas, seus representantes não libertam suas presas, ou seja, o poder e o povo. Uma crise sem precedentes se instaurou no Brasil, mas também em outras nações do planeta, tendo o socialismo como pano de fundo.

"Nesse contexto, nada mais comum do que indivíduos como Chávez serem guiados quando menos secundados por espíritos que se coadunam com seus arroubos totalitários. Infelizmente, são numerosos os exemplos daqueles governantes acometidos por intenso processo obsessivo, seja a obsessão entendida como paranoia em relação ao exercício do poder, seja como fascinação, isto é, a vasta influência e a manipulação executada por entidades das trevas, como se pode ver atualmente no Brasil. Entre outros casos clamorosos pelo mundo, conquanto nem todos sejam de inspiração socialista, destacam-se os ditadores da Líbia, Muammar al-Gaddafi [1942–2011]; do Chile, Augusto Pinochet [1915–2006]; do Haiti, chamado Papa Doc [1907–1971], um dos quadros de obsessão mais flagrantes; bem como os genocidas Pol Pot [1925–1998], do Camboja; Kim Jong-un [1983–] e seus antecessores da dinastia norte-coreana; Omar al-Bashir [1944–], do Sudão; o sírio Bashar al-Assad [1965–]; e Saddam Hussein [c.1937–2006], do Iraque; além dos personagens ainda mais célebres, como os líderes nazistas e os soviéticos mais longevos. A lista é demasiado longa; evidentemente, poderíamos citar vários outros nomes."

— É conforme disseram Tancredo e José do Patrocínio[1] a respeito do caso brasileiro: não podemos imaginar que Jesus ou Maria de Nazaré inspirem atos de roubo e corrupção hedionda, tampouco apoiem uma política criminosa que se estabeleceu como sistema, como método de governo do povo brasileiro.

— Com certeza, meu amigo. Recentemente, discutíamos Getúlio e eu sobre o nosso passa-

[1] O personagem refere-se ao preâmbulo (p. xii-xxv).

do. Em nossa época, inegavelmente, contribuímos, cada qual à sua maneira e em intensidades diferentes, para o que hoje ocorre no país. No que há de bom e de mau, o que fizemos está na base do que vemos na atualidade. Sendo assim, do mesmo modo como antigos poetas e escritores retornam através do trabalho espiritual, como médicos e outros espíritos ligados à saúde regressam para socorrerem muitos, nós, também, políticos de outrora, sentimo-nos compelidos a nos posicionar e a agir desde este lado da vida. Apesar de todos os nossos desacertos e infortúnios pretéritos, não podemos ficar impassíveis. Por isso, buscamos atuar em benefício do povo brasileiro, estimulando a progressiva tomada de consciência sobre o que se passa nos bastidores da vida.

Mauá deu uma risada espontânea, mesmo o assunto sendo tão indigesto e complicado.

— Do que está rindo, meu caro? Falei alguma asneira?

— Não é um riso de alegria, Juscelino. Fico a imaginar quando estas nossas palavras forem escritas e levadas a público...

— Bem, eu não tinha pensado nisso!

— De qualquer maneira, não há como agradar a todos, não é? Lembro-me de enfrentar isso na época em que adquiri ações do Banco do Brasil, quando todos consideravam que ele iria à falência. Depois, nem imagina como falavam de mim. Em nosso caso, hoje estamos mortos para a visão humana, ou desencarnados; apenas isso! Absolutamente, não morremos ante a realidade espiritual. Muita gente, mas muita gente mesmo, falará não somente de nós, como também do médium que registra nossas palavras.

— Pois é... Como se somente médicos e mentores pudessem voltar para emitir sua opinião e enviar sua mensagem. Sobre o que falaríamos após a morte do corpo, sendo que nossa experiência na Terra foi nas arenas política e empresarial? Afinal de contas, não tivemos a graça de sermos médico alemão, irmã de caridade ou padre, que são as figuras mais típicas, as quais se manifestam abordando o objeto de seu conhecimento e interesse. De que outra forma poderia ser?

Os dois se entreolharam, como se estivessem a esperar os acontecimentos. Depois de um suspiro eloquente do antigo visconde, Juscelino acrescentou:

— Se nem os mortos se calam e nós nos posicionamos, independentemente do gosto partidário dos que nos lerão, pego-me a refletir sobre a importância de o povo brasileiro manifestar-se, em nome dos valores que pautam a ordem e o progresso da nação que tanto prezamos. É hora de saírem de suas casas, de frente à televisão ou de sua zona de conforto, e se expressarem. Sem isso, Mauá, creio que nossa ajuda será de pouca valia.

— Também penso assim, Juscelino! Infelizmente, bastante gente acredita que os espíritos, Deus ou Jesus interferirão milagrosamente nos destinos do país, sem a participação humana. É claro que até podemos ajudar, mas, sem a iniciativa dos que estão diretamente sujeitos a esse esquema de poder, o alcance de nossa ação é limitado. Sem o envolvimento da população, os artífices da ruína permanecerão ainda por muito tempo, exercendo seu domínio sem nenhum discernimento espiritual, negligenciando suas responsabilidades perante o povo e a nação.

— Então, já que os anjos nada podem nem Nossa Senhora descerá coroada de luz e glória para transformar o panorama do mundo com um prodígio, vamos lá, amigo. Vamos procurar certo homem considerado herege, mas que tem se mostrado um veículo para fazer frente às forças que pretendem subjugar o país. Até aqui, foi ele quem demonstrou espírito forte o bastante para enfrentar outro de sua própria estirpe, pois, embora esteja profundamente comprometido com seus erros, é frio e cínico o suficiente. Vamos, pois seremos malfalados de qualquer jeito, mesmo sem aprovarmos as atitudes e o comportamento indefensável desse homem. Uma vez que a pureza imaculada está longe de ser pré--condição para se fazer algo proveitoso, ainda mais na arena política, vamos recrutá-lo, porque sabemos que somente ele, no palco da vida pública brasileira atual, poderá arrostar quem tem comportamento análogo. Nossa incumbência é sondar a situação e verificar se há necessidade de os guardiões interferirem.

— Muitos dirão que estamos a favor desse homem ou que aprovamos seu comportamento político — assinalou o antigo barão do império.

— Num país onde os que governam admitem a corrupção como norma e a consagram como forma de governo, e com o apoio de grande parcela da população? É como diriam os religiosos: atire a primeira pedra quem estiver sem pecado...

— Pelo menos, não precisamos atirar pedra naqueles que praticam pecados diferentes dos nossos.

— Sem deixar de notar, Mauá, que a natureza, quando se trata da lei de retorno, é impiedosa, pois traz de volta energia do mesmo teor, em iguais força e intensidade. Enfim, retomemos essas discussões em outro momento. Convém retirar o homem do corpo; ele deve ouvir algumas verdades também — falou em tom irônico; uma ironia refinada, dificilmente percebida por quem não estivesse à altura.

— Claro, Juscelino! Vamos, sim. Após isso, devo ir a Curitiba. Recebi a incumbência de acompanhar uma equipe de guardiões cuja missão é dar apoio ao juiz que tem servido de instrumento da justiça, um verdadeiro guardião entre os encarnados. Avante!

Na mesma noite, Mauá dirigiu-se a Curitiba para juntar-se aos amigos guardiões. O aspecto nas imediações do local onde estavam lembrava um acampamento de guerra. Espíritos ligados às pessoas que respondiam a processos na justiça haviam se instalado no entorno, em barracas e construções improvisadas. Tentavam romper o cerco imposto pelos guardiões, pois desejavam, a todo custo, invadir o prédio e violar a privacidade energética, espiritual e, até mesmo, física dos juízes e dos demais profissionais que trabalhavam nos casos. Ao chegarem à Avenida Anita Garibaldi, ainda havia uma quantidade razoável de pessoas, incluindo turistas ansiosos por registrar sua presença no lugar; apesar da hora avançada, faziam fotografias para suas lembranças. Entretanto, o que chamou a atenção, realmente, foi o número de desencarnados erguendo barricadas, entrincheirando-se do outro lado da rua, a uma distância aproximada de 50m da entrada. Do mesmo modo, havia um contingente menor próximo à residência do juiz e também em outros pontos, perto de onde viviam os demais agentes da operação. Era um verdadeiro campo de batalha a céu aberto. Felizmente, guardiões atentos policiavam os locais, na mira dos espíritos vândalos e corruptores, a fim de que os obsessores da nação não lhes tivessem acesso.

— As entidades sombrias conseguiram infiltrar alguns de seus agentes por intermédio de pessoas próximas dos magistrados e dos policiais. Na verdade, não é nada que não possamos abortar, mas, de fato, alguns funcionários e uns poucos familiares se transformaram em alvos mentais de tais espíritos.

— Tenho acompanhado de perto essa situação, Jamar — falou Watab para o amigo. — Já coloquei nossos especialistas de prontidão.

— Emissários dos magos negros, liderados pessoalmente por um desses senhores, têm feito uma triagem das pessoas associadas aos magistrados e aos demais agentes, a quem compete organizar os processos e lhes dar prosseguimento. Como não conseguiram atingir diretamente os juízes, adotaram como alvos alternativos as pessoas relacionadas a eles. Convém redobrar o cuidado. Embora as figuras principais da operação estejam secundadas por guardiões ligados à justiça divina, ainda assim, representantes dos celerados, os magos e seus comparsas encarnados, não medirão esforços para desfecharem uma ofensiva.

— Isso é lamentável, mas compreensível, Jamar. Todos os que querem calar o juiz e sua equipe, afinal, desejam o fim da operação. Têm culpa no cartório, como se diz aqui, no Brasil. Portanto, temem que seus nomes sejam implicados e que sua posição se comprometa ainda mais. Têm, também, uma motivação extra para se empenharem no desmantelamento da operação de limpeza levada a cabo pelos agentes da justiça encarnados. Sabem que, caso a ação siga livre curso, será difícil evitar que seu chefe, o conhecido homem forte, agora bastante abalado, seja levado a prestar contas perante a justiça dos homens.

— Bem, amigo, se ele se safar, o que acredito ser improvável devido aos desdobramentos judiciais que temos visto, jamais conseguirá ludibriar a justiça divina. Desta, é impossível escapar. Não obstante, devemos contar com o desespero desse suposto homem forte, que teve sua imagem demasiadamente arranhada, conforme era de se esperar. É apenas natural que ele e seu séquito tomem providências as mais bizarras e antiéticas, incitando os piores comportamentos. Afinal, o time a que se filiam esses filhos da escuridão não titubeia em lançar mão de qualquer espécie de estratagema, manobra ou ardil, sem o mínimo pudor, pois seu critério de conduta é a falta de critério. Não resta dúvida de que eles são vis o suficiente para instigar, em alguns de seus seguidores, ideias que possam colocar em risco a vida dos juízes ou as de seus familiares. Lamentavelmente, devemos levar em conta essa possibilidade e providenciar uma escolta de guardiões para os parentes dos atores imbuídos do propósito de promover as limpezas moral, ética e política, pelas quais clama a nação, nos limites da lei. Jamais será fácil, Watab, enfrentar os donos do poder no submundo, tampouco seus sequazes, que não somente os defendem com unhas e dentes entre os encarnados, mas, ainda por cima, aliciam fanáticos irascíveis por onde podem, a fim de cumprirem seus desígnios espúrios.

— Para mim, defender essa horda de malfeitores, seja de um lado da vida, seja do outro, sinceramente, não é mais posição política; transcendeu há muito tal dimensão. Só a patologia espiritual explica esse comportamento, isto é, a obsessão complexa, coletiva e programada, levada ao grau máximo de ferocidade e crueldade por parte dos manipuladores do submundo.

— Mas não se esqueça: ninguém faz absolutamente nada obrigado. Nenhum obsessor constrange suas marionetes no plano físico a ponto de elas fazerem aquilo que rejeitam terminantemente. Em regra, trata-se de um processo de parceria.

— Recordo-me muito bem, Jamar, daquela mensagem de Bezerra na assembleia de que participamos, no início do ano de 2002. As palavras dele foram, para dizer o mínimo, proféticas...— É pena que os amigos espiritistas e espiritualistas não tenham atentado para isso na época. Mas tudo bem, vamos em frente. Temos um juiz a proteger. Não podemos permitir que a hoste do mal derrube os representantes da justiça.

— Como será que se comportarão os que são cotados para assumir a direção da nação no tocante à operação que confronta a corrupção institucionalizada no país?

— Não sei mesmo. De qualquer modo, seja quem for que assuma, seja o governo atual que permaneça — tudo depende muito mais do povo do que de nós —, se tiver um histórico de honestidade e nada a esconder, não haverá por que barrar a investigação policial, certo? Não se compreende que um governante e seus auxiliares, alegando correção e defesa dos interesses nacionais, queiram se furtar ao escrutínio da justiça ou criar obstáculos a seu pleno exercício, não é mesmo?

— Portanto...

— Portanto, só há uma conclusão lógica. Pouco importa quem esteja no comando da nação. Caso se coloque contra o processo em andamento na esfera judicial ou contra seus representantes legais, com certeza esconde delitos e mascara crimes, os quais teme que venham à tona. Seja como for, deixemos essas questões aos que tentam obstar a justiça no plano físico. Ocupemo-nos da justiça divina; esta, sim, fará com que cada um encontre, inevitavelmente e no devido tempo, o resultado de suas ações, tanto no corpo como fora dele.

Ao adentramos o prédio da Justiça Federal, em Curitiba, notamos a presença não somente de guardiões, como também de parentes ou de espíritos familiares que procuravam, por algum meio, achegar-se a seus afetos. Um deles se acercou de Watab, reclamando que não conseguia entrar no edifício, pois fora impedido pelos guardiões.

— Será que eles não sabem que eu sou ligado a um dos juízes envolvidos no processo? Por que não me deixam entrar? — falou o espírito.

— Sinto muito, amigo — respondeu Watab, enquanto Mauá e Jamar, acompanhados por mais três da equipe de vigilantes, continuaram até a ala onde se reuniam, em caráter de urgência, os juízes que analisavam as causas a eles confiadas. — Para ingressar no ambiente, não basta ser um espírito familiar, ligado aos profissionais que aqui trabalham. O serviço desenvolvido aqui corre em paralelo a um processo do lado de cá da vida. Agentes vinculados à justiça divina militam também; aproveitam a ocasião para discutir a respeito do eventual expurgo planetário dos indivíduos trazidos até este local. Portanto, dê-se por contente se lhe foi permitido vir até o saguão de entrada. Daqui para frente, somente espíritos comprometidos com a causa da justiça. Ninguém mais, não importa se porventura forem mentores, amigos ou familiares desencarnados.

E partiu, deixando o espírito esbravejando atrás de si. Note-se que era um dos bons espíritos. Mas bondade, simplesmente, não era suficiente nesse caso. Aliás, como é questionável a bondade dos que se imaginam bons... Deste lado da vida, age-se segundo outros parâmetros, alheios às preferências e aos paradigmas humanos, mesmo dos religiosos. Sendo assim, aos agentes da justiça divina não importa se agradam ou desagradam a quem quer que seja; o trabalho há de ser feito, hoje ou mais tarde, desagradando ou não. Prosseguem seus afazeres na certeza de que nem o Cristo conseguiu satisfazer os próprios discípulos, quem dirá o resto do mundo.

Ao chegarem ao lugar aonde iam, observaram uma hoste de guardiões — composta por 49 oficiais, 49 sentinelas, 98 especialistas, dos quais 35 eram ligados aos processos de expurgo e repatriamento planetário, e 147 eram praças — que estava disposta pelo ambiente, numa dimensão dificilmente percebida pelos encarnados ali reunidos. Nenhum grupo de magos ou de sua malta conseguiria penetrar o edifício, em virtude da autoridade moral e do aparato de segurança montado pelos espíritos que envolviam os indivíduos que ali trabalhavam além do horário normal. Jamar sorriu de forma discreta, dando a entender que estava satisfeito com o que via. Nem ousou se aproximar dos juízes. Porém, ordenou mentalmente que, de onde estavam, os especialistas em magnetismo e em campos de força se colocassem à disposição, pois deveriam reforçar as defesas energéticas dos representantes da justiça na Terra.

— Faz-se necessário ter cuidado e reforçar a imunidade energética e espiritual de nossos aliados no plano físico, visto que a turma que age em sintonia com as forças das trevas está determinada a destruí-los de qualquer maneira. Querem fazer injustiça com as próprias mãos, vândalos que são, sem nenhum pudor ou senso de limites, pois se consideram defensores do sistema reinante.

— Faremos o possível, Jamar — falou Watab, que se achegava ao grupo. — Eu mesmo assumirei o reforço energético.

O que se viu a partir daquele momento, se porventura fosse observado por encarnados, decerto lhes inspiraria o mais profundo sentimento de respeito, de gratidão e, até mesmo, de veneração pelo investimento que o Alto fazia no amparo àqueles que, corajosamente, agiam em nome da justiça. É claro que desvarios humanos, como a noção de perfeição e santidade das pessoas que atuavam ali, não faziam parte das expectativas; tanto no plano material quanto no extrafísico, não existe ninguém santificado ou que tenha alcançado a pureza que, muitas vezes, os encarnados esperam dos zeladores da ordem a da justiça.

Tão logo Watab olhou, de maneira significativa, os peritos em manejar as leis do magnetismo, todos se colocaram de pé, pois até então estavam diante dos arquivos estruturados em biocomputadores ultraluz, forjados na tecnologia sideral e empregados na base dos guardiões. Watab levantou os braços, empunhando em uma das mãos a espada usada pelos guardiões superiores, enquanto os demais estenderam seus braços no mesmo ritmo, no mesmo instante. Um som diferente reverberou no ambiente, quando se abriu, então, uma brecha no *continuum* espaço-tempo. Estrelas foram vistas a brilhar num universo desconhecido, e um facho de luz derramou-se sobre o recinto, advindo de uma dimensão desconhecida dos humanos encarnados.

De repente, a figura de Miguel desceu, envolvida pelas cintilações de mil sóis, acompanhada por seres representantes das estrelas. Um grupo de sete espíritos provenientes da Constelação de Órion — dos quais dois eram de Alpha Orionis; três, de Rígel; um, de Bellatrix; e outro, de Saiph ou Kappa Orionis — compunha a comitiva de Miguel, que viera pessoalmente, a pedido de Ismael, para reforçar as defesas energéticas e a imunidade espiritual dos representantes da justiça no mundo. Miguel pousou sobre os tutelados da justiça sideral e derramou sobre eles sua energia, percebida em forma de luz, um tipo de luz ainda desconhecido pelos habitantes da dimensão física. Cada integrante da comitiva estelar trazia recursos fluídicos, aliados à tecnologia superior, além de irradiar sobre os homens ali presentes seu potencial mental de altíssima frequência.

Imediatamente, um a um, os homens ali presentes pararam o que estavam fazendo, sentiram certa tontura e levaram a mão aos olhos, como se estivessem ofuscados por algo que desconheciam. Um deles comentou:

— Parece que estamos cansados, senhores — sorriu discretamente para os colegas de trabalho, sem registrar o caudal de fluidos que chegava. — Mas devemos continuar assim mesmo.

O juiz que atraía a atenção de todos talvez tenha percebido algo, embora não houvesse tempo suficiente para interpretar a ocorrência de maneira clara e consciente. Por isso mesmo, enquanto levava a mão esquerda aos olhos, esfregando-os lentamente, proferiu uma prece silenciosa:

— Deus, soberano da vida, em nome de Jesus, dê-nos forças e sustentação, Senhor da vida. Auxilia-nos a nos manter em sintonia com teus desígnios e preserva-nos dos inimigos da justiça. — Foi a prece proferida em silêncio, que todos desconheciam, a não ser nós, os que lidávamos deste lado da barreira sutil das dimensões.

Miguel abriu os braços, espalmou as mãos e elevou a cabeça ao alto, como se estabelecesse sintonia com alguém muito maior do que ele, canalizando as vibrações magnânimas à medida que fitava diretamente o centro da Via Láctea. Um jato de luz verteu das estrelas do centro galáctico e perpassou o príncipe dos exércitos celestes, irradiando-se, principalmente, de suas mãos sobre o grupo de homens ali presentes. Logo, não se divisava mais a feição humana de Miguel, mas tão somente uma silhueta sutil de luz coagulada, que lembrava um homem de estatura imponente a irradiar reverberações luminosas em torno de si, como se fossem asas — naturalmente, irradiações magnéticas de sua aura em expansão.

Após o fortalecimento das defesas energéticas dos magistrados, Miguel, máximo representante da justiça divina no planeta, olhou significativamente para Jamar. Este apenas movimentou os olhos, sem se mover um milímetro sequer, como um militar de alta patente à frente de seu general. Estava reverente e profundamente comovido ao mesmo tempo. Miguel ergueu-se ao alto, logo em seguida, depois de jorrar sua luz sobre os guardiões ali envolvidos no trabalho. Uma lágrima discreta escorreu pela face de Jamar. A brecha dimensional se fechou, mas foi impossível não se comover ao ver as luzes das estrelas do centro da Via Láctea, morada de espíritos redimidos. Jamar recompôs-se num átimo, após esse evento marcante, e deixou o ambiente acompanhado por Watab e nós outros.

— Graças a Deus, tivemos a interferência de quem pode mais do que nós — falou o guardião da noite.

— Já vi Miguel interferir inúmeras vezes, em outros países, mas, até hoje, eu me sensibilizo ao ver como ele se porta, sem tomar partido de ninguém, pairando acima das querelas humanas. Basta as pessoas estabelecerem conexão com a justiça sideral, imbuídas do propósito sincero de auxiliar a humanidade. Eu o vi agir assim na Rússia, no encontro do G20, há alguns anos;[2] mais recentemente, na Venezuela, quando ajudamos os congressistas de lá, e também na Argentina se manifestou; na África do Sul, já faz alguns anos, e em vários outros pontos do globo onde fomos convocados a interceder. Não obstante, sempre me surpreendo e me comovo ao ver como os emissários da justiça divina intervêm a fim de ajudar a humanidade.

Após um suspiro profundo, Jamar arrematou suas observações:

[2] Cf. PINHEIRO. *Os imortais*. Op. cit. p. 380-424.

— De qualquer modo, Watab, dependemos da resposta humana aos apelos divinos. Não podemos forçar ninguém a aceitar nosso socorro. Os fatos estão aí e aí permanecerão por largo tempo. Quiçá os homens deste país acordem da hipnose coletiva que ameaça dominar a nação. Por ora, o que temos de fazer, faremos. Aguardemos os próximos lances dessa luta entre o reino do mundo e o reino da luz.

— Sem nos esquecermos, parafraseando o apóstolo, de que estamos apenas no início da luta contra os principados, as potestades e os príncipes das trevas deste século, nas regiões espirituais da maldade...[3]

---

[3] Cf. Ef 6:12.

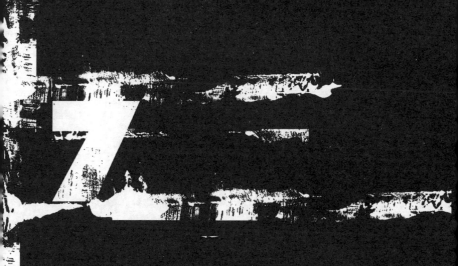

AGENTES EM AÇÃO

"Antes de tudo, recomendo que se façam súplicas, orações, intercessões e ação de graças por todos os homens; pelos reis e por todos os que exercem autoridade, para que tenhamos uma vida tranquila e pacífica, com toda a piedade e dignidade."

1 Timóteo 2:1-2

ão logo Irmina, Herald, André e Takeo chegaram à capital federal, já puderam notar o clima tenso no ar, além de perceber as energias das forças contrárias ao bem, que se movimentavam corporificadas nos idealizadores do sistema que se pretendia manter no poder, à revelia do custo imposto ao povo. Irmina fez questão de passar pelas imediações do Palácio da Alvorada, a caminho do hotel, onde se hospedaria por apenas uma noite, em princípio, antes de prosseguir rumo a São Paulo. Ela procuraria conversar com algumas autoridades a respeito da grave situação observada nos bastidores espirituais da vida. Os demais agentes, por sua vez, haviam tomado conexões a outras cidades, nas quais poderiam acompanhar e influenciar o processo, auxiliando o quanto pudessem nas questões energéticas e espirituais em andamento no país.

Assim que chegou ao hotel, Irmina dirigiu-se para o quarto e se prontificou, urgentemente, ao desdobramento. Concentrou-se, como fazia nos últimos 40 anos, com a facilidade que a experiência lhe proporcionava. Sentiu uma leve tonteira a envolver seu crânio e, ao mesmo tempo, balançava-se dentro do próprio corpo, como se estivesse numa rede. Um formigamento intenso percorreu-lhe por inteiro, de maneira que, pouco a pouco, percebia os membros adormecidos. Tudo se deu em menos de 1 minuto. A seu lado, esperavam guardiões e amigos de longa data, com os quais interagia em desdobramento. Meio impaciente, pois a paciência não parecia ser um atributo de sua personalidade, deu um impulso repentino para além dos limites vibratórios do corpo, uma vez que conhecia técnicas eficazes para promover o afastamento de seu espírito do escafandro biológico. Surgiu do outro lado levitando, já com a vestimenta que, comumente, utilizava em atividades que lhe exigiam uma ação mais intensa.

— Meu Deus, Kiev! Com quem vocês andaram se metendo? — perguntou ao guardião assim que o viu na companhia de Semíramis e Astrid, vestidas a caráter para a batalha, à semelhança das amazonas das histórias e lendas antigas.

— Pois é, minha amiga apressada, estamos em pleno combate com nossos inimigos do progresso, a turma da escuridão.

— Que estamos esperando, então? Onde está Raul, aquele preguiçoso? Ai se o pego fora do corpo — falou, brincando, ao ajeitar os cabelos que lhe caíam sobre os ombros esculturais.

Semíramis entrou na conversa, chamando para a ação:

— Não temos muito o que esperar. Existem alguns amigos nossos aqui, no Brasil, que estão a postos. Na verdade, Irmina, de onde esperávamos ajuda não veio, e, assim, tivemos de convocar outros. O socorro veio de modo inesperado.

— É a situação dos espiritualistas deste país que não entendo. Estão mais preocupados em fazer rituais, cantar hosanas e acender velas do que em agir de forma mais resoluta e decisiva.

— É uma característica comum aos brasileiros, Irmina — disse Astrid, conciliadora.

— Pois é! Uma característica que os faz perderem muito tempo. Ainda por cima, são cheios de melindre. Felizmente, as velas que costumo acender têm um efeito muito mais positivo.

— Não sabia que você era dada a acender velas, Irmina — espantou-se Kiev, que se dava a conhecer determinados registros dos guardiões imortais numa tela de cristal iluminado.

— Claro que sim. Não sabia? — Irmina era mais irônica do que podiam imaginar. — Quando vou a um bom restaurante e me sirvo de um champanhe simples, digamos, um *Piper-Heidsieck Rare*. Nessa ocasião, acendo velas para degustar melhor esse néctar *fantastique*, somente apreciado por espíritos superiores. Claro, não é para você, caríssimo Kiev — ele sorriu, entendendo o humor da amiga desdobrada, excelente parceira dos guardiões.

— Teremos de nos envolver nesse processo na Câmara dos Deputados sem a ajuda direta de Raul. Ele arregimentará forças em meio à multidão, para a qual se dirige agora. Precisamos da vitalidade dos encarnados, de ectoplasma e de fluidos, muitos fluidos de alegria. Raul se incumbirá de ser esse elo, a fim de conduzir até o campo de batalha o recurso indispensável. Necessitamos dele, neste momento, no corpo a corpo. Também contaremos com nossa turma do Colegiado; é claro, alguns, que se exporão diretamente, junto do povo. Eles farão uma ponte e canalizarão, também, o que puderem para nos darem apoio e sustentação.

— E quanto ao grupo do qual falaram, que nos auxiliará mais de perto?

— Ah! Sim — respondeu Astrid. — Ele esteve dentro do Congresso Nacional, dias atrás, para realizar um evento. Houve, ainda, outra reunião na Praça dos Três Poderes, e foi naquele momento, quando acontecia o encontro de cunho espiritual, que tivemos a oportunidade de instalar nossos equipamentos, mediante as energias ali doadas, defronte à sede do Legislativo. Durante a palestra daquele grupo espiritualista, que ocorreu no próprio Congresso, pudemos romper o cerco de vibrações nefastas erguido pelos magos, de modo que o local ficou completamente acessível à nossa presença. Aproveitamos para desativar equipamentos colocados nas cadeiras dos parlamentares, mas não pudemos fazer muito mais sem o concurso de encarnados em desdobramento. Portanto, minha querida, mãos à obra!

Irmina participaria, diretamente, de alguns lances no combate extrafísico entre as forças de oposição ao progresso e os guardiões. Contudo, naquela noite, obedecendo à orientação de Jamar, foram buscar em seus aposentos todos os deputados que se dispusessem a vir, seja em hotéis, seja em suas casas, onde repousavam, já na madrugada. Convinha reuni-los para conversar com a equipe que Watab ajuntara dentro da Estrela de Aruanda. O local escolhido para eles trazerem os parlamentares escoltados pelos guardiões era justamente o ParlaMundi, o Parlamento Mundial da Fraternidade Ecumênica, em sua contraparte extrafísica.

— Este é um lugar que, podemos dizer, é neutro — explicou Kiev, enquanto os representantes eleitos eram levados, em desdobramento, para ocupar o maior espaço do local, que comportava 500 pessoas encarnadas.

— Diferentemente do Congresso Nacional, prédio que está todo minado, onde não só são travadas acirradas batalhas entre deputados, como também ocorrem disputas bem mais sinistras, do lado de cá. Faz-se necessário um ambiente em que possamos conversar, falar, sem discussões acaloradas, sem as intrigas comumente instigadas por espíritos obsessores. Acreditamos que este lugar está preservado desse tipo de influência.

Alojaram-se ali quase 300 deputados — os

demais, quando fora do corpo, recusaram-se, peremptoriamente, a participar. Em seguida, a reunião começou com a palavra de Juscelino Kubitschek. Segundo foi orientado pelos guardiões, ele não poderia, tal como nenhum dos espíritos que falaria naquela noite, posicionar-se contra ou a favor de nenhum dos partidos em disputa no cenário político brasileiro. A tarefa consistia em chamar os parlamentares à razão, advertindo-lhes quanto à importância de se conscientizarem acerca da realidade popular e das implicâncias espirituais, largamente desconhecidas da maioria, tendo em vista atitudes, escolhas e conluios levados a efeito pelos presentes quando no corpo físico. José do Patrocínio, além de outros personagens conhecidos, manifestaram-se a seguir. A Mauá coube a conclusão; recapitulou o pensamento dos que se pronunciaram antes, bem como destacou o panorama social do país, a necessidade da realização urgente de mudanças e a responsabilidade de todos em conduzir o povo brasileiro aos caminhos do desenvolvimento, sob todos os aspectos.

Ressaltaram que a maioria dos deputados tinha culpas e falhas que tentava ocultar, e que ninguém, no cenário brasileiro, sintetizava o ideal de homem ou político capaz de personificar a salvação da situação política e da crise moral e ética na qual o Brasil naufragara. Nenhum homem, assim como nenhum governo ou partido, alcançaria êxito, de um momento para outro, ao içar o país das profundezas a que fora arrojado por irresponsabilidade de seus eleitores e líderes políticos. Era imperioso se unirem, porem de lado as divergências e enfrentarem o perigo de se prolongar ainda mais o sistema criminoso atual, que elevara a corrupção a método de governo, a bandeira defendida pela militância, a *modus operandi* em todos os meandros da administração pública.

É certo que não reteriam plena lembrança das palavras que ouviram, naquela noite, no ParlaMundi, quando estavam fora do corpo. Todavia, enquanto permaneciam no ambiente, espíritos magnetizadores aproveitaram para ministrar recursos benfazejos, que pudessem alijar da aura dos parlamentares ao menos parte das energias densas absorvidas por eles. Fizeram o máximo possível em matéria de limpeza dos fluidos daninhos, nocivos e contagiosos dos quais se impregnavam seus pensamentos, ideias e emoções. Voltariam mais leves a seus corpos físicos; pelo menos, seriam capazes de raciocinar mais livremente, de tal modo que poderiam decidir por si sós a respeito dos destinos da nação, sem nenhuma influência a lhes tolher o livre-arbítrio, nem dos guardiões, nem dos seus obsessores, fossem particulares ou fossem de seus grupos e partidos.

Mais tarde, muitos deles seriam conduzidos ao gabinete paralelo, montado para comprar sua participação nos resultados do processo que, em breve, entraria na pauta do Congresso. Mesmo assim, não funcionaria o esquema traçado pelos cientistas e magos das sombras. Os equipamentos de hipnose foram totalmente desprogramados, resetados e reconfigurados sob a coordenação de Jamar, que aplicou a tecnologia superior. Não obstante, era impossível, naquele momento, evitar que os aliados dos magos, seus representantes na política humana, absorvessem os fluidos nocivos e contaminadores, e que, mais tarde, sofressem uma ofensiva por parte de seus algozes no plano extrafísico. Porém, esse era o preço que se sujeitavam a pagar por se consorciarem com entidades provenientes das mais densas trevas, por fazerem parte, voluntariamente, da quadrilha de seres que intentavam desestruturar todo o país e o continente por extensão.

Dois dias depois, porque a gravidade da situação a reteve em Brasília, Irmina dirigiu-se a São Paulo, onde se encontrou com seus amigos a fim de discutir medidas urgentes para auxiliar o Brasil, já que agora eles tinham um panorama mais claro da realidade, além de tratar de outras questões não menos sérias que afligiam nações europeias. Enquanto isso, as energias colhidas e armazenadas nas manifestações pacíficas ocorridas na Avenida Paulista, no dia 13 de março de 2016, e em outros locais do país foram empregadas pelos guardiões em tarefas últimas junto ao povo brasileiro, antes que a nação pudesse se libertar do jugo opressor ou nele se afundar ainda mais.

Naquele dia memorável, a nave dos guardiões sobrevoou a Avenida Paulista, absorvendo as energias emanadas da multidão e as armazenando em seu bojo para as usarem oportunamente. Torres de captação das irradiações mentais e emocionais foram erguidas pelos especialistas e pelos técnicos do astral, sob o comando de Jamar, que ia de uma ponta a outra do país no intuito de assegurar que as devidas providências haviam sido tomadas. Entre as medidas, várias visavam evitar o confronto, a violência e o assalto ao patrimônio de instituições públicas e de entes privados, tanto em área urbana como em rural, por parte de militantes revoltados, incendiados pelo ódio, mais de seus líderes de movimentos e sindicatos e menos deles próprios.

Em cima da torre da Bandeirantes e do prédio da Fiesp, na região da Avenida Paulista, bem como sobre o Banespão e o edifício Copan, na área central, antes operavam aparelhos de entidades sombrias, cuja finalidade era hipnotizar a multidão. Em todos esses locais, os guardiões lograram desmontá-los, substituindo-os por antenas captadoras de energia. Eram equipamentos sofisticados da técnica sideral, os quais absorviam fluidos de alegria das massas que encheram aquela e outras vias, manifestando-se em defesa de valores cívicos. Sobre a cidade, comboios de guardiões cruzavam de um lado a outro, enquanto a patrulha de terra era feita pelos espíritos ligados à falange dos exus, sob o controle de Sete e seus amigos.

Em diversas capitais do Brasil, observava-se algo análogo. Desmantelados os equipamentos dos especialistas das sombras, com a supervisão direta de Jamar e Watab, os guardiões superiores, era possível captar e reter emanações que seriam essenciais, mais tarde, para enfrentarem as milícias das sombras aquarteladas no Congresso Nacional. Rio de Janeiro, Vitória, Salvador, Porto Alegre, Curitiba e outras capitais mais: todas receberam destacamentos de guardiões incumbidos de conter os abusos de entidades sombrias e suas marionetes à frente de grupos rebeldes espalhados pelo território brasileiro.

Apesar disso, o grau de tensão aumentava, nitidamente, por toda parte.

Semanas depois, Irmina voltou à capital federal e resolveu se hospedar no mesmo lugar de antes. Estava tudo preparado para a batalha. Aquele era um dia especial no contexto histórico da nação. Era preciso agir prontamente, pois as forças representativas da escuridão resolveram convocar suas linhas auxiliares e seus sequazes tão logo constataram a falha vexaminosa de seus estratagemas, notadamente dentro do gabinete de negociatas espúrias arranjado na suíte luxuosa, onde os coadjuvantes encarnados haviam se refestelado — marionetes que eram dos espíritos sombrios, os verdadeiros protagonistas da cena política nacional.

O grupo de guardiões saiu do hotel onde estavam Irmina e os demais agentes, na companhia destes, depois de desdobrá-los por meio de passes magnéticos. A missão da noite consistia em erradicar as energias mórbidas e destroçar os instrumentos instalados pelos agentes das sombras no interior da Câmara dos Deputados. Já a caminho, Kiev fez contato com Watab e Jamar, os quais lidavam com as comunicações da liga de magos, interceptando mensagens entre as diversas facções. A proposta era desmembrar a nave dos guardiões.

— Creio, Watab, que está na hora de dispersarmos os compartimentos rumo a outras cidades do Brasil.

— Claro, Kiev! Fique à vontade para tomar as decisões necessárias. Dimitri está na

Estrela de Aruanda e poderá comandar de lá a operação.

A nave etérica, que tinha a forma de uma grande estrela, com sete compartimentos, destacou-se em meio à paisagem do mundo astral, logo acima de Brasília. Cada uma das partes se dirigiu a determinada unidade da federação: São Paulo, Minas Gerais, Rio Grande do Sul, Paraná, Ceará e Bahia, ao passo que uma permaneceu no Distrito Federal. Além do contingente de guardiões que elas levavam, Kiev recebeu de Watab a incumbência de enviar destacamentos de sentinelas para cada capital dos demais estados, bem como convocar a força-tarefa dos exus, sob o comando de Sete, Veludo, Tiriri e Marabô, que estavam envolvidos até a alma com os acontecimentos no país.

— Conversei, pessoalmente, com os chefes das falanges de exus — comunicou Jamar a Watab. — Eles deverão se dispersar com seus praças e outros soldados em seu controle, pois identificamos 21 locais onde se armam situações de alto risco para o Brasil. Grupos ligados ao sistema político vigente, por medo de perderem o poder e o dinheiro que jorra para suas centrais e sindicatos, preparam reações que poderão redundar em séria ameaça à população. É deplorável, pois usam pessoas simples, que se submetem às condições impostas por seus manipuladores impiedosos, visando atingir os mais ignóbeis objetivos. Em suma, não devemos medir esforços para evitar uma guerra civil ou algo do gênero.

— Eh, amigo... com essa casta de gente, somente os exus são capazes de lidar. Veludo se ocupará, pessoalmente, dos grupos que estão se mobilizando em todo o país com o intuito de causar tumulto. Confio nele. Além do mais, o homem dispõe de cerca de 1,8 mil espíritos que atendem às suas ordens. Igualmente, Sete já está agindo junto com os chefes de grupos armados, os chefes de sindicatos e os grupos sociais revoltosos. Ele também sabe muito bem como cuidar disso.

Jamar sorriu, contente por haver procurado Veludo e os demais para ajudá-los. Depois disso, os acontecimentos se precipitaram.

Os magos negros, por sua vez, arregimentaram maltas de terroristas do plano astral inferior. Começaram a se movimentar, recrutando seus comparsas encarnados, por meio dos quais disseminaram notícias falsas, ameaças e ideias de intervenção. Determinado grupo de pessoas habilidosas em manipular informações pela internet era secundado pelos senhores da escuridão diretamente, uma vez que tinha suas mãos molhadas pelas promessas de dinheiro fácil. Alguns magos e seus consorciados mais hábeis com as palavras tentavam infundir medo na população, sobretudo sobre a parcela mais pobre, que dispunha de menos acesso à informação. Empregavam os mesmos artifícios dos quais se valeram dois anos antes, a fim de permanecerem no poder. Qualquer um poderia ver a mentira, a covardia e a vilania com que tratavam quem quer que representasse obstáculo a seus projetos; igualmente, qualquer um poderia notar a calúnia e a difamação para com as pessoas, visando desaboná-las moralmente, além de outras ferramentas degradantes, comuns a quem se associa com espíritos de categoria tão sórdida tal como a dos magos negros.

Mas nada, nem todas as forças das trevas juntas, seria capaz de impedir que o povo fosse às ruas enunciar aquilo em que acreditava. Especialistas entre os magos acostumados a fomentar intrigas, brigas, ações terroristas e enfrentamentos de toda ordem estavam a postos em torno do gabinete extraoficial, onde se reuniam os mandatários do poder — de um poder que já ameaçava escapar pelos dedos daqueles que pretendiam se eternizar no comando de toda uma nação por meio de técnicas de manipulação das mais ardilosas. A tensão geral, a crispadura emocional, energética e espiritual, era captada por qualquer um dotado do mínimo de sensibilidade. O clima era favorável à manifestação das forças das trevas. Porém, essas não contavam com a intervenção de guardiões da ordem, representantes da justiça sideral sob a administração de Miguel.

Quando Irmina e a equipe de sentinelas do bem rumavam em direção ao Congresso, um dos homens de General, um dos espíritos ligados aos guardiões e velho conhecido de Irmina,[1] chegou com uma notícia:

---

[1] General teve contato com os guardiões por meio de Raul, segundo a obra que narra lances fundamentais da reurbanização extrafísica promovida nos tempos atuais (cf. PINHEIRO, Robson.

— Amigos, o Palácio da Alvorada foi tomado pelos sombras, a turma da milícia dos magos. Parece que eles vêm de todo lado. Raul observou...

— Raul?! — interrompeu-o Irmina. — Como assim? Ele está fazendo um trabalho em outro estado, dentro do corpo...

Ela olhou para Kiev, tentando entender. Ele, por sua vez, ergueu os ombros e espalmou as mãos, num gesto claro de que não sabia nada sobre o sensitivo. Raul deveria, de fato, estar às voltas com determinada situação, longe dali, segundo ordens expressas de Jamar, e não desdobrado em Brasília. Além do mais, sua saúde física reclamava prudência naquele momento. Nada justificaria Raul estar ali.

— Fale, homem! — ordenou Kiev, enquanto Dimitri chegava junto a eles, vindo do alto, levitando sobre os fluidos ambientes.

Pego de surpresa, sem saber do que se tra-

Pelo espírito Ângelo Inácio. *O fim da escuridão*. Contagem: Casa dos Espíritos, 2012. p. 265-284). O personagem aparece em vários textos a partir de então (cf. PINHEIRO, Robson. Pelo espírito Ângelo Inácio. *Os guardiões*. Contagem: Casa dos Espíritos, 2013. p. 383-473 passim).

tava o imbróglio com Raul, o porta-voz da notícia acerca do Palácio da Alvorada deu um sorriso amarelo, sem graça, mas, em seguida, falou por que viera.

— Raul nos convocou, e General veio prontamente. Conseguiram penetrar a residência oficial e, junto com dois de nossos homens, mapearam tudo lá dentro e trouxeram a localização exata das bases dos malditos na subcrosta. Raul aliou-se a General, e eles desceram chão adentro, rasgando os fluidos das dimensões subcrostais. Identificaram o rastro magnético de 12 dos 17 magos negros[2] que comandam, abaixo da superfície, o processo de manipulação dos dirigentes políticos brasileiros.

Irmina mirou Kiev e Dimitri, como que os interrogando; no instante seguinte, virou-se para Semíramis com a mesma expressão. Astrid saiu de fininho, rindo discretamente, sabendo o que viria logo depois. Irmina Loyola lançou-se ao ar de uma maneira fulminante, sem prévio aviso, rompendo o espaço em vol-

---

[2] O autor espiritual esclareceu que os quatro magos restantes, associados àquela que denominou Liga dos 21, tinham como palco de ação outras nações da América Latina e do Caribe.

ta, enquanto levitava em direção ao Palácio da Alvorada. Já ao se aproximar, avistou o grupo de General, ao longe, algo distante e protegido por um campo de forças. Estavam blindados pela tecnologia facultada por Jamar.

Antes mesmo que ela descesse, em busca do amigo Raul, os quatro guardiões a seguiram, num ímpeto. Desciam juntos, como paraquedistas, rumo ao solo, onde Raul confabulava com General, mostrando-lhe, num mapa, os lugares que havia identificado. Eram bases da subcrosta onde os magos se alojavam, em sua maioria, quando se ausentavam do gabinete tenebroso, na superfície. Ao perceber sua chegada, Raul se voltou, inocentemente, para Irmina, sua amiga de longa data, e falou em tom cínico:

— Você por aqui, minha amiga? Eu não sabia que viria ao Brasil... Ah! Que saudade imensa de você! — deu ênfase à palavra *saudade*. — Venha me dar um abraço... — e abriu os braços em direção à amiga. Irmina quase o fulminou com os olhos.

À medida que a conversa avançava, outros guardiões, membros das equipes de Astrid, Semíramis, Kiev e Dimitri, pousavam na fortificação montada pelo pessoal de General nas imediações do Palácio da Alvorada, mais exatamente nos limites do jardim.

Raul nem esperou que algum dos quatro amigos desencarnados o abordasse. Ciente da transgressão cometida, mas disfarçando o quanto pôde, virou-se repentinamente — deixando Irmina parada, feito uma estátua, à espera do abraço — e entregou a Kiev a localização exata das bases de magos, principalmente os talibãs do astral, aqueles seres hediondos que inspiraram a criação do estado teocrático terrorista no Oriente. Estava tudo pronto, detalhado, munido até mesmo de sugestões de acesso, por onde os guardiões poderiam penetrar sem correrem riscos desnecessários. Irmina quase teve uma parada cardíaca fora do corpo, como diria mais tarde. Enquanto os guardiões se debruçavam sobre os registros apresentados, admirando os pormenores, General chamou Raul a um canto e, envolvendo-o em seus fluidos, arrancou-o dali de súbito, levando-o de volta ao corpo, que repousava num hotel em outra cidade, a milhares de quilômetros dali.

Irmina ficou furiosa com a dupla.

— General terá de se explicar para mim. Ora, essa! Raul deveria se dedicar à tarefa que Jamar designou a ele. O que estava fazendo aqui? — resmungou, inconformada com a interferência do amigo desdobrado sem que ela soubesse.

Dentro de instantes, General regressou e se manteve firme perto de Irmina, sem fazer menção ao ocorrido. Por certo, ele acobertara as estripulias de Raul. Eram muito amigos, tal como Irmina e Raul também. Kiev sabia ser inútil tentar impedir Raul, que jamais admitiria ficar longe da batalha. Dimitri falou baixinho com o amigo guardião:

— Vá devagar com Raul, meu caro. Ele está passando por uma situação que eu não desejaria para nenhum de nós. Vá com calma... ele é nosso aliado.

Kiev entendeu sem precisar de muita explicação. Só ouviu, depois, as estrondosas gargalhadas de Irmina e de General. Ambos se abraçaram como velhos amigos. Mais tarde, Kiev diria:

— Esse Raul é caso perdido. É responsabilidade de Jamar; eu não me meto com ele. Até que dou conta de lidar com magos negros, com os fantoches deles, os sombras, mas com Raul? Desisto. Com esse tipo de espírito só se lida em jejum e com oração — ironizou o guardião.

O Palácio da Alvorada estava completamente tomado por algo similar a fios elétricos desencapados, como se fossem monturos de cabelo, espalhados por todos os ambientes, ou teias semelhantes às de aranha, enroladas em tufos, contudo, de natureza bem particular, pois eram reflexo de criações mentais mantidas pelos magos em conluio com outros correligionários espirituais dos dirigentes da nação. Ao saber disso, Kiev tomou a decisão de concentrarem os esforços no Congresso Nacional. A residência oficial do presidente da República teria de ficar para outro momento. Voltariam à carga sobre a Câmara dos Deputados, pois, a partir de lá, poder-se--ia consumar o primeiro passo em direção à vitória ou, dito de outro modo, poder-se-ia impingir à liga dos magos a primeira derrota formal, isto é, caso o povo, a voz das ruas, e seus representantes eleitos correspondessem ao trabalho realizado nos bastidores da vida pelos guardiões. Com efeito, os vigilantes do bem jamais fariam milagres. Nada se daria sem a participação ativa da população.

Os guardiões prosseguiram em direção ao alvo estabelecido, a Câmara dos Deputados. Sobrevoaram os pouco mais de 5km que os separavam do Congresso. Todavia, o que viram não foi nada bom. Os magos sabiam ser crucial induzir os parlamentares, visando ao êxito dos planos sombrios. Porém, já haviam notado que algo não corria como planejado. Resolveram, então, apelar a recursos extremos. Arregimentaram espíritos desordeiros e convocaram não apenas os integrantes de sua milícia, os sombras, como também alguns chefes de legião, que cederam tecnologia para os seguidores dos magos usarem. Estes temiam que suas bases, localizadas abaixo do solo da cidade, no submundo astral, fossem descobertas pelos guardiões e por sua equipe de auxiliares e volitadores.

O confronto era iminente. Kiev se deteve com Astrid, Dimitri, Semíramis e os demais que os sucediam. Irmina, imediatamente, deu o alerta para General e sua turma virem auxiliar. Tudo se precipitou sem demora. Ninguém antevira o confronto ali, justamente diante da Praça dos Três Poderes, entre os guardiões e as forças negras, as quais se opunham ao progresso do país. As duas torres do Congresso estavam repletas de entidades que se empenhavam, ao máximo, em impedir o ato que ali se realizaria mais tarde.

Do Palácio da Alvorada, o novo quartel onde se encastelaram os bastiões da política sombria, os atores e protagonistas do drama que se abatera sobre o Brasil comandariam os derradeiros lances da batalha. Haviam chegado à conclusão de que seus ardis e artimanhas não funcionaram. Restava-lhes, portanto, a luta campal para assegurarem a presença, no Congresso, da súcia pavorosa. Movida pelo desespero, instalara-se na sede do Legislativo, enquanto seus consortes, a 5km dali e também mais ao longe, ainda tentavam virar o jogo com mais alguma manobra no último instante.

A discreta intervenção de Jamar no seio do fausto e da volúpia, tornada possível graças ao guardião encarnado na pele de um faxineiro, redundara em juras de maldição que, naquele momento, eram proferidas pelos lordes da Liga dos 21. Jamais fizera parte de suas cogitações que os miseráveis emissários da justiça lograssem violar o próprio gabinete das trevas — preparado pessoalmente pelos insignes senhores da maldade —, quanto mais que desmantelassem o aparato capaz de hipnotizar e, por fim, submeter homens centrais na política nacional aos caprichos e à sanha de poder e domínio dos manipuladores de ambos os lados da vida.

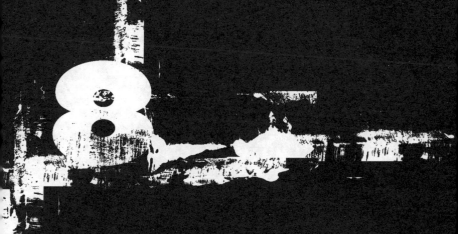

PERANTE O TRIBUNAL DAS SOMBRAS

"Por você ter desperdiçado a sua riqueza
e ter exposto a sua nudez em promiscuidade
com os seus amantes (...), por esse motivo vou
ajuntar todos os seus amantes, com quem você
encontrou tanto prazer, tanto os que você amou
como aqueles que você odiou. Eu os ajuntarei
contra você de todos os lados e a deixarei nua
na frente deles, e eles verão toda a sua nudez."

Ezequiel 16:36-37

AUDAZ NÃO ERA um espírito qualquer, não! Ele fora escolhido exatamente para ir ao encontro do chefe, do homem forte, quem comandava tudo e tinha todos em sua mão. Não que fosse importante na cadeia hierárquica do submundo da escuridão; ainda assim, gozava de alguma consideração entre os magos. Na verdade, era um especialista em estratégias de guerra e de domínio de consciências, que, ao longo dos anos, cativara a atenção dos senhores da escuridão. Acompanhara os progressos no mundo dos chamados vivos e aprendera bastante com peritos em sua área de interesse. Porém, acabou por os sobrepujar, pois, como não estava limitado por um corpo físico, acessou registros milenares e campos de pesquisa que os encarnados jamais cogitariam existir. Não era um espírito que os outros bajulassem ou que se deixava ludibriar por suposta veneração, tampouco lhe interessava qualquer manifestação de emoções alheias, nem o movia o aplauso enganador — ao contrário de seus senhores, que faziam questão de ser adorados e reconhecidos publicamente pelo seu poder medonho,

pela crueldade acachapante e pela capacidade mental inquestionável. Audaz, entretanto, era frio, calculista, e em sua função tais qualidades ou características eram imprescindíveis.

Ele aproximou-se do sujeito naquela noite, observando-o enquanto ele ainda dormia, sob o efeito de uma bebida destilada. Fixou o olhar sobre o homem, magnetizando-o. Em instantes a alma se destacou, cambaleante, para fora do corpo. No contexto de uma guerra espiritual, cada um desempenhava um papel, e o dele, Audaz, era vigiar de perto a equipe do homem forte, insuflando-lhe ideias. Quando fora do corpo, alimentava-o com seu conhecimento invulgar em matéria de manipulação de massas. Entretanto, não poderia aquiescer à soberba do tal chefe, como era conhecido entre seus parceiros encarnados, acostumado a ser o centro das atenções e detentor de toda a glória. Como era tudo parte de uma luta sem trégua, competiria a Audaz levar o homem até os soberanos, os verdadeiros dispensadores do poder.

Conforme se passava com qualquer mandatário, cabia ao homem prestar contas a quem o avalizara na empreitada na qual ingressara. Afinal, ele próprio, de livre e espontânea vontade, celebrara um pacto com os magnânimos do submundo. Não havia como se furtar às implicações de uma aliança de tamanha envergadura, de um contrato firmado com os mais tenebrosos seres da escuridão. Não era somente o guia quem fizera semelhante acordo. Diversos comparsas dele também estavam comprometidos até o pescoço. Muitos se venderam por pouco mais que nada. O sujeito diante de Audaz, porém, vendera-se por muito, mas muito mesmo. Responderia, portanto, na proporção da importância e do grau de investimento que os soberanos da magia depositaram sobre ele. O tratado não poderia ser quebrado; o caráter da relação entre vassalo e suserano jamais poderia ser desprezado. De tempos em tempos, cumpriria ir aos domínios dos implacáveis senhores do caos a fim de prestar seu depoimento e, eventualmente, como agora, de lhes ouvir sua sentença. Não havia como escapar das cláusulas de um contrato estabelecido com as trevas; a corte da escuridão era implacável e não admitia apelação.

O homem, tão logo se destacou do corpo,

mostrou-se meio perdido, como se o houvesse acometido algum mal da cabeça, uma tonteira, algo assim, como assim mesmo pensou. Mas não teria como fugir.

— Você foi convocado novamente para ir até o concílio do poder. O partido está reunido neste instante e querem lhe falar agora.

— Partido? Que partido? Que concílio? — perguntava o homem, ainda sem a lucidez necessária para se mover fora do corpo com a desenvoltura de outros momentos.

— Aquele com o qual assinou um contrato de submissão; os donos de sua alma e de sua vida. Afinal de contas, você foi destituído da própria vida para usufruir do poder que lhe foi cedido. É nisso que consiste o pacto estabelecido com o partido.

Depois de cambalear outra vez, o homem se ergueu e consumiu mais alguns minutos até se aprumar. Somente então mirou seu interlocutor nos olhos e só após uma rajada de magnetismo recebida pelo olhar daquele espírito foi que sentiu os pensamentos fluirem, apesar de certa lentidão, a princípio.

— Vamos! Não posso esperar mais. Daqui para frente terá de se valer sozinho. Sabe como são implacáveis os lordes com os quais se consorciou.

— Eu, sozinho? De onde vem essa prepotência toda? — protestou, olhando Audaz frente a frente, como se fosse o mais importante dos mortais.

— Neste caso, é isso mesmo, homem sem medo. Pode até ter se coligado com seus amigos, mas, na hora de prestar contas, é cada um por si. Como você se elegeu o mandante de todos, é claro que a balança pende mais para seu lado. Portanto, segure firme aí, como dizem em seu país, pois a liga da esquerda está a postos.

— Esquerda?

— Ah! Não me venha com a baboseira de sua política, homem. Digo esquerda apenas para ilustrar o fato de combatermos a turma de cima, os tais guardiões. Para nós, eles são da direita, do bem, da justiça. Nós e nossos senhores, portanto... Isso não guarda relação nenhuma com sua politicalha — e saiu arrastando o homem, magneticamente, atrás de si.

O local parecia uma grande arena, ao menos lembrava algo assim. O perímetro edificava-se em vários níveis, numa construção escura, de formato circular. Em cada patamar, viam-se pessoas trajadas de preto, e outras circulavam em vestimentas de cor rubra, visualmente quase vinho, devido à penumbra do ambiente. Cada andar da estranha construção continha nichos e, em cada nicho, um ser, um dos senhores da escuridão, representantes da magia, do conhecimento ancestral. Havia, também, juízes e juristas, convidados a serviço dos magos principais. Todavia, ao se olhar para o alto, para dentro de cada nicho, somente se viam silhuetas que pareciam humanas, porém cobertas, todas elas, por algo mais nebuloso que meros tecidos. Apenas a magistratura, escalada para defender os interesses dos senhores da magia, trazia as feições nitidamente à mostra. As autoridades judiciárias revestiam-se de togas longas, em tom de vermelho escuro, mas cintilante, e apresentavam um símbolo esculpido à altura do peito, algo que não podia ser bem visualizado devido à penumbra naquele coliseu. O cimo da cabeça se adornava com uma espécie de peruca, de fios brancos ondulados, recordando o adereço usado por lordes ingleses.

O piso rente ao solo daquela dimensão parecia revestir-se de um material astral que se assemelhava ao granito sem polimento. Algo se movimentava quando os pés tocavam o chão; tinha-se a impressão de que se pisava sobre coisas vivas; contudo, em virtude, também, da relativa falta de luminosidade, era impossível distinguir do que se tratava.

Foi ali mesmo que o homem forte foi parar, tão logo o conduziram até o centro da arena. Audaz ficou de longe observando, anotando as reações do homem, pois não era a primeira nem a última vez que ele chegava ali. Não, mesmo. Ao longo dos seus 70 anos no corpo físico, ao menos a cada 10 anos era levado até ali a mando dos senhores da magia, conquanto, na última década, principalmente, fosse com maior frequência, pois sua vida estava intimamente atrelada ao projeto de poder dos dominadores das trevas no século XXI. Era hora de prestar novos esclarecimentos, dar seu depoimento, enfim. Nada poderia dar errado. Mas, ao que tudo indicava, tudo estava dando errado.

Ele ficou parado ali, no centro do círculo, olhando para cima, dando voltas em torno do próprio corpo, como que tentando identificar a fisionomia de seus algozes ou, quem sabe, correligionários e aliados de projeto de poder. Contudo, era impossível vê-los claramente.

De repente, um dos senhores saltou de um dos nichos esculpidos na estranha estrutura, de um dos patamares mais altos, e pousou a poucos centímetros do homem forte, conforme era conhecido ali, entre os seres com quem celebrara o pacto. O ser da escuridão retirou o manto vermelho-sangue sobre sua cabeça, jogando o capuz sobre os ombros, e fixou o olhar no homem forte. Os beiços da sinistra criatura se alargaram, deixando cair uma baba viscosa sobre a roupa que usava. A boca entreaberta mostrava dentes que pareciam lascados — alguns dos quais, em forma de garra —, retorcidos e muito amarelados, como se houvessem sido manchados pelo uso prolongado do tabaco, embora se soubesse que outro era o motivo de tamanha degradação do feitio abjeto do ser das profundezas.

Assistia-se a um confronto entre obsessores e obsidiado, numa escala tão intensa que ainda não fora estudada pelos especialistas em patologia espiritual reencarnados no plano físico. Estava-se diante de algo que ultrapassava o escopo das obsessões complexas. Se porventura se indagasse ao hediondo ser como ele se chamava, com certeza responderia como respondeu outra criatura tenebrosa ao Nazareno, há mais de dois mil anos: "Legião, pois somos muitos."[1] Nesse caso, tal como naquele registrado nas páginas do Evangelho, o pacto do homem forte e de seus esbirros encarnados não se dava somente com a criatura que o examinava, face a face, mas se estabelecia com a liga inteira, com o conluio de inteligências ali representado pelo espírito que o encarava de modo persistente.

Uma gargalhada eclodiu e pareceu rasgar o ambiente, sem que ninguém soubesse de onde provinha.

— Então você veio ao nosso chamado, não é mesmo, homem forte?

— Bem sabe Vossa Excelência que nunca resisti ao chamado desta corte. Sempre me disponho a vir quando necessário.

— Claro, companheiro de lutas — ironizou o ser à frente do homem desdobrado. — Afinal, nem poderia ser diferente, pois você é trazido coercitivamente, seja até aqui, seja

[1] Cf. Mc 5:9.

aonde nós queremos que vá. Em parte porque, sozinho, nunca encontrará este lugar. Sempre modificamos nossa localização para evitar que sejamos descobertos.

O espírito fitava os olhos do homem enquanto ambos desenvolviam um trajeto em torno dos próprios pés, um arremedo de dança; rodavam, olhos fixos um no outro, num misto de trasfusão magnética e manipulação consentida.

— Você não mudou quase nada desde sua última existência miserável, não é mesmo, homem forte? Parece que seus dotes emergiram de seu inconsciente e se manifestaram quase que plenamente através deste corpo miserável que você enverga na vida atual.

— Vocês, quer dizer, Vossas Excelências me impedem de saber quem eu fui no passado. Não há como romper o bloqueio que me impuseram durante meu treinamento. Foram vocês mesmos que me disseram que era para meu próprio bem.

— Nós o enganamos, homem forte, o enganamos! — riu uma risada fina, diabólica.

— Se não foram Vossas Senhorias, quem foi que bloqueou minhas lembranças?

— Não sabemos — respondeu a criatura, apenas usando suas habilidades para romper a resistência interna do sujeito à sua frente. — Talvez tenha sido a criatura lá de cima — apontou ao alto. O homem deduziu que seu interlocutor se referia a Deus ou à lei que presidia a vida.

— Então, nem se eu quisesse teria acesso à minha memória? Nem mesmo a Liga poderia me fazer saber quem eu sou ou fui no passado?

— E para que saber disso agora, homem forte? Você já está no fim de sua miserável jornada. Conhecer a verdade, agora, de nada lhe adiantaria. É o bastante saber que foi expatriado para este país odiável e que dele guarda profunda mágoa, não pelo país em si, mas por sua gente e pelo estilo de vida da nação. Isso basta no momento.

Um silêncio se impunha entre ambos quando uma voz forte, firme, ressoou no coliseu. Ninguém poderia precisar de onde partira a voz, apenas que advinha de um dos nichos.

— É hora de começarmos. Que se dê início à sessão. Que se faça justiça, implacável como nós, os seus máximos representantes.

Em seguida ecoou som como de um gongo, muito forte, vindo não se soube de onde. Tudo colaborava para conferir um ar de solenidade demoníaca à cerimônia e àquelas instalações. Um dos juízes se pronunciou, dirigindo-se ao réu desdobrado:

— Primeiro, quero que saiba que o conduzimos até aqui, sem a presença dos seus cúmplices, apenas para não lhe tirar a autoridade, porque você, por ora, ainda é útil a nossos planos. Porém, se por qualquer motivo você cair, já temos outro para o substituir. Trata-se de alguém muito mais inteligente e que não tem nada a esconder; é odiado por muitos, mas logo será visto como um salvador da pátria, segundo o esquema que estamos elaborando em torno dele. Portanto, por ora, falaremos com você isolado dos demais com os quais estivemos antes.

O homem permaneceu calado, sem compreender direito o alcance das palavras daquele magistrado, que discorria escondido em seu nicho, na arena extrafísica. Logo em seguida, o espírito que pulara das galerias e encarara o homem forte disparou, tal como uma espécie de promotor da acusação ou, quem sabe, detetive a conduzir um interrogatório:

— Você nos traiu, homem forte. Ou devemos o chamar, doravante, de homem fraco?

— Nunca traí nosso acordo. Cumpri cada etapa do aprendizado que ministraram. Todos os meus passos foram milimetricamente planejados, inclusive minhas atitudes e minhas escolhas, a partir do nosso encontro inaugural. Não podem dizer que descumpri o prometido.

— Então vamos falar de outra maneira: você se deixou envolver pela situação e teve medo, um medo paralisante, que reflete sua falta de confiança em nós. Por que se entregou à soberba a ponto de deixar-se seduzir por uma suposta promoção no governo que Ella representa? Acaso ignorava que poderia ascender como salvador da nação dentro de poucos anos? Faltou-lhe discernimento... e como! Você se deixou contaminar pelo desatino de Ella e não prestou a devida atenção ao nosso trato. Como o despreparo de um soldado pode afetar a tal ponto seu superior hierárquico? Ela alia obstinação e tenacidade à submissão e a certa inépcia, exatamente como requeria o papel figurante que lhe coube — embora ela também tenha nos decepcionado, a seu modo.

De você, no entanto, esperávamos muito, mas muitíssimo mais circunspecção e astúcia.

— Mas eu não negligenciei nosso trato. O problema é que a situação está chegando cada vez mais perto de mim e da minha família. A nomeação que Ella fez, ao mesmo tempo que evitaria qualquer medida contra mim, daria condições de me instalar no poder e manipular as peças como sempre fiz, desde ministros e outros políticos até os chefes de movimentos e sindicatos, de associações e entidades de classe.

— Porventura se esqueceu de que já tinha todos em suas mãos, miserável? Desaprendeu que não precisava nem precisa de títulos, nem de ocupar posições oficiais no governo para exercer domínio sobre a população, as autoridades e seus comparsas?

— O plano era o seguinte: assim que eu me colocasse ao abrigo da lei, a minha nova posição me daria condições de exercer maior influência sobre Ella. Logo, estaria com tudo e todos em minhas mãos; seria um trampolim para daqui a dois anos...

— Idiota! Miserável! Deixou-se contaminar pelo desvario que a acometeu? Por acaso não percebeu que, ao aceitar esse papel, desviava-se da nossa tática, consequentemente complicando e dificultando ainda mais nossa vida? Ou será que agora vai alegar desconhecer os pormenores planejados? Infame!... Você participou pessoalmente da formulação de cada detalhe; acompanhou a execução de cada ponto concernente aos partidários mais próximos, então, não venha dar uma de bobo!

O ser bufou, respirou fundo, exalando um hálito quente e malcheiroso, fungando como se estivesse prestes a explodir. O homem desdobrado calou-se, pois conhecia muito bem aqueles com quem tratava. Certo era que, quando estava no corpo físico, tinha apenas vagas lembranças daqueles seres, mas seus pesadelos noturnos faziam com que se lembrasse dos acordos, dos arranjos e dos ardis traçados entre as dimensões. Não poderia negar que conhecia os termos sob os quais a relação se dava. Mesmo assim, tentou se livrar das acusações que pesavam contra si.

— Vendo a teimosia de Ella, pensei que, se estivesse mais próximo, poderia a controlar melhor. Como ela não dá nenhuma margem para o diálogo, ao assumir um posto de tal importância no governo, eu teria possibilidade concreta de conduzir seus atos, de aumentar minha ascendência sobre ela, de influir na forma cotidiana de lidar com o Congresso, a base aliada e mesmo com dissidentes e opositores. Minha presença... — foi interrompido a berros de impaciência.

— Consinta, de uma vez por todas! Foi o seu gesto, ao aceitar a nomeação, que abriu campo para a destituição da infeliz! — o ser suspirou antes de prosseguir, voltando ao tom normal. — E você sabe que, mesmo no destempero costumeiro, Ella atende aos nossos propósitos. Logo mais, você seria a opção predileta não somente do povo, mas dos empresários, dos parlamentares, dos ministros das cortes superiores e suprema. Agora, sua impertinência nos criou um problema maior a ser resolvido! Nosso projeto foi prejudicado. Ella não está no pleno gozo da razão. Observe como se comporta; as reações e os discursos sem nexo denotam estar completamente perdida, no limiar da insensatez. É um fantoche que não ganharia a aprovação nem sequer de uma junta psiquiátrica.

O espírito se mostrava inconformado, a ponto de reiterar sua indignação:

— Dentro em breve, muito breve, você seria aclamado, ovacionado e concorreria com todo o prestígio, volvendo ao cargo de primeiro mandatário com a coroação das ruas. Por óbvio, não ignora que temos situações bastante delicadas a enfrentar com o bastião da justiça. Porém, ao ceder à proposta precipitada, você abriu as portas e deu mais motivos para o afastamento dela; você foi o estopim da queda, no fim das contas. Inflamou os ânimos gerais contra nosso projeto de poder quando deveria apenas esperar um pouco mais, conforme havíamos combinado... Se isto não botasse o restante a perder, eu o esganaria com minhas próprias mãos, aqui mesmo.

Projetado no mundo extrafísico, o homem ganhava uma mente mais dilatada e, assim, pôde abranger o pensamento do ser da escuridão com maior amplitude. Lembrava-se plenamente de aquiescer aos passos delineados pelos estrategistas de guerra e de política a serviço da liga da escuridão. Lançando mão de um subterfúgio para despistar a atenção do ser com quem dialogava, perguntou:

— E o homem da justiça? Que será feito daquele desgraçado?

— Aquele nefando? Aquele protegido dos guardiões? Já tentamos de tudo para derrubá-lo, mas parece que está intimamente ligado aos agentes da justiça e por eles é auxiliado e vigiado dia e noite. Mas não se preocupe, temos um plano em andamento para ele. Nós o atingiremos indiretamente e, quando se curvar ao nosso ataque oblíquo, faremos com que sucumba ao nosso poder. Por ora, recomendamos cuidado, muito cuidado. Ele possui informações a seu respeito e sobre sua família, e em relação a Ella também. Tem nos custado deter as atitudes dele e suas pretensões de levá-las a público, compelindo todos vocês a responderem à justiça.

— É tudo mentira!

— Você e nós sabemos que não, companheiro. Sabe que não. É uma das razões pelas quais não podemos nos dar ao luxo de deixá-lo levar avante a divulgação. Repare que conseguiu aniquilar, um a um, os associados que ainda não haviam sido capturados na rede. Nem ameaça à sua família consegue fazer com que ele pare. Portanto, convém induzir a massa contra ele enquanto o povo ainda tem em você um ícone, um salvador da pátria, um semideus intocável. Importa fazer com que a pressão sobre ele aumente diariamente e a população exija que ele se afaste da maldita operação que tem desbaratado nosso esquema de poder entre os encarnados.

— Não sei mais o que fazer contra ele. Já conversei até com...

— Nada de nomes aqui, companheiro. Nada de nomes, por ora. Até as paredes têm ouvidos nesta dimensão em que nos encontramos. Aliás, tendo em vista toda a lambança que fez, muito me espanta que não tenha aprendido a se precaver e a não dar com a língua nos dentes. Está caducando, é?

"Em suma, sabe que estamos perdendo também dentro do Supremo, não sabe? Os odiosos agentes do Cordeiro, dois deles principalmente, têm se dedicado em tempo integral a convencer os ministros; enviam-lhes *e-mails*, telefonam para seus gabinetes... Um desses desgraçados já conseguiu até conversar com um dos magistrados pessoalmente e teve sucesso em persuadi-lo. Enquanto isso, você, sua merda miserável, seu mero incitador de massas, você concedeu a eles o combustível necessário para que pudessem incendiar o governo, já em avançado estágio de decomposição."

— Posso fazer alguma coisa ainda? Estou disposto a tudo, a qualquer coisa para assegurar o comando de Vossas Excelências.

— Mentira! Mentira deslavada, seu calhorda! — gritou a criatura, sem vestígio da compostura que normalmente caracteriza as personalidades mais proeminentes das sombras. — Está achando que esta sessão é um palanque, em que pode abusar de suas cascatas e artimanhas? Olhe ao seu redor! — nesse instante, o homem sentiu dardos mentais o assaltarem, desfechados de todas as galerias.

A repreensão não era fortuita, decorrente de puro destempero; ao contrário, era um gesto calculado e tinha por objetivo impingir humilhação ao homem outrora forte, a fim de deixá-lo susceptível às imposições da corte obscura. Seus membros convieram previamente quanto ao emprego de algum ardil psicológico como meio de sobrepujarem-se; em essência, jogavam o xadrez em que aquele homem se considerava exímio. À medida que transcorria a noite no tribunal-tabuleiro, mais inescapável se tornava, para ele, a conclusão de que não haveria como se furtar de admitir que fizera um movimento errado e colocara a vitória em xeque, mesmo após tantas partidas, ao longo das quais manobrara tão bem tal número de peças e peões, entre sequazes e adversários.

— Você não precisa mentir para nós — continuou a criatura beiçuda. — Não adianta tentar usar as técnicas de persuasão que lhe ensinamos nos anos de treino. Aqui somos seus professores, e não você o nosso. Nem você nem nós somos inocentes, portanto...

— Chega! Basta! — gritou uma voz num dos nichos. — Daremos uma pausa, por ora. Levem nosso correligionário de volta ao corpo, e, na próxima noite, daremos o veredicto deste tribunal. Quanto a você, homem forte, trate de apresentar argumentos inteligentes. Não desacate nossa autoridade, pois sabe muito bem que a bomba que colocamos em você apenas está desarmada, e não destruída; podemos acioná-la a qualquer tempo. Não serão suas alegações pobres e sem fundamento, tampouco sua comoção fingida, capazes de nos demover de pôr termo à sua vida caso o julguemos proveitoso. Regresse ao corpo e, na próxima vez, traga uma defesa que não afronte nossa inteligência.

Assim que deu por encerrada a sessão, bateu um martelo sobre algo, o que fez reverberar por todo o coliseu um som ensurdecedor, como se fosse de um gongo, e não um som ligeiro, seco, como seria de se esperar. Surpresa maior teria qualquer observador ao constatar que, a seguir, o tribunal se dissolveu por inteiro. Seria consequência do alerta sonoro que ressoara há instantes?

Enquanto o ser abjeto, porta-voz da Liga dos 21, saía do local, recolocando o capuz sobre a cabeça, Audaz aproximou-se sorrateiro, no intuito de reconduzir o homem forte ao corpo. Porém, foi repelido por este, que bufava de raiva. Viu-se desesperado; tinha de fazer alguma coisa. Tudo valeria a pena, qualquer sacrifício para não ter de enfrentar novamente os senhores da escuridão. Abandonou o ambiente macabro, ora vazio, acompanhado de perto pelo especialista.

— Estou me sentindo sozinho. Fui traído.

— Não se preocupe, meu caro; até eu mudo de partido... Claro, quando vejo que o barco está afundando. Isso não é traição, é sobrevivência — Audaz nem esperou o homem lhe responder. Deixou-o no hotel de luxo, em Brasília, e partiu em busca do paradeiro dos presidentes da Câmara dos Deputados e do Senado Federal.

PRÍNCIPES DA MALDADE

"Portanto, assim diz o Senhor:
Vocês não me obedeceram; não proclamaram
libertação cada um para o seu compatriota
e para o seu próximo. Por isso, eu agora proclamo
libertação para vocês, diz o Senhor, pela espada,
pela peste e pela fome."

Jeremias 34:17

HISTÓRIA SE REPETIA no solo da América Latina. Um ditador do passado, reencarnado na Venezuela, viera com uma bomba biológica implantada no DNA. O objetivo era evitar que ele transpusesse os limites demarcados pela justiça. Os seus próprios atos seriam responsáveis por determinar se e quando o dispositivo biológico, que lhe tiraria a vida física, seria acionado e em que intensidade. Sabe-se ter sido veloz o ocaso daquele que terminaria seus dias arrojado à escuridão eterna de sua alma endividada, aguardando o dia de ser banido a outros mundos. O novo nome encontrado para esconder o antigo ditador Hugo Chávez, que se abrigara em novas vestes carnais, não seria suficiente para fazê-lo mudar seu comportamento contrário à ética cósmica. Reincidiria, ainda por alguns anos, em delitos similares aos do pretérito, embora atenuados pela Providência, assim desperdiçando sua derradeira chance de renovação, sua última experiência no planeta Terra.

Josef Stalin e Vladimir Lênin, ambos também reencarnaram na América Latina, em virtude do processo de reurbanização do continente europeu. Rosa Luxemburgo, relocada em novo corpo físico, teve as faculdades do pensamento restringidas em comparação com a sua última existência, conquanto, assim mesmo, tenham sido lhe dadas novas oportunidades ao lado de velhos companheiros que, de alguma maneira, apresentavam questões semelhantes a serem resolvidas. Igualmente, como eles, acionou o dispositivo biológico que a lei divina implantara em suas células. Como se não bastasse seu histórico, perpetrou, novamente, os mesmos desvarios de outrora, embora lhe tenham vedado o acesso ao arcabouço filosófico, nublado compulsoriamente a fim de evitar-se o pior na existência que se estenderia pelo século XXI.

No amplo processo de reurbanização extrafísica do Velho Mundo, antigos ditadores, generais e comandantes militares irascíveis, monarcas e mandatários da dor humana, todos foram, tal como aqueles contemporâneos seus, realojados em outras terras. Não obstante, mesmo em face do investimento do Alto, os velhos atores, revestidos de novos corpos e novas identidades, prosseguiam intentando contrariar os dispositivos da lei que a tudo regula colimando o bem comum.

Felizmente, os agentes da justiça sideral estavam atentos. Não somente lhes competia interferir, mas, sobretudo, liberar os países para onde foram relocadas aquelas almas renitentes das atitudes ensandecidas que as caracterizavam. Ademais, cabia aos guardiões prepará-las para quando fosse a hora de abandonarem a Terra, encetando a jornada rumo a mundos primitivos no espaço. Lá podem reeducar seus espíritos, mediante séculos, talvez milênios, de dor e sofrimento que os aguardam nas novas moradas.

ENTREMENTES, a Avenida Paulista regurgitava de gente. A cada hora, chegavam mais e mais pessoas, até atingirem o auge de concentração popular, como nunca antes ocorrera, numa intensidade tal que assustou até mesmo os magos negros e os expoentes de seu pensamento sombrio, nos dois lados da vida. Por todo o país, era ferrenho e incansável o trabalho levado a cabo pelas entidades que, no Brasil, recebiam a alcunha de exus. Iam e vinham entre uma cidade e outra, uma reunião e outra, apagando os focos de incêndio que ameaçavam tornar aquele um dia de dor para o país. Trabalharam duramente com sindicalistas, dirigentes de grupos e associações, desmotivando-os a levar avante seu propósito de tumultuar a vida nacional. Uns poucos grupelhos, desgovernados, saíram do eixo, contudo, considerando-se a proporção de incidentes, sem sombra de dúvida conseguiram evitar o pior.

— Pelo menos por ora — afiançou Veludo ao amigo Marabô.

— O trabalho ainda não terminou. Estamos apenas adiando o que é possível. Nosso êxito depende, como sempre, da resposta humana ao nosso investimento.

— Esse é o problema, meu caro, esse é o problema... — tornou o outro, após um suspiro, denotando cansaço ante tão grande número de ofensivas contra os planos dos inimigos do progresso. — Convém segurar os ventos da discórdia por mais tempo, o máximo que pudermos. Em Brasília, o povo vinha de todos os cantos do país. Não havia como impedir o ajuntamento da multidão. Para evitar que desavenças irrompessem em conflitos, representantes dos diferentes grupos foram reunidos nesta noite, fora do corpo, quando procuramos persuadi-los a colaborar a fim de impedir confrontos na aglomeração de pessoas diante do Congresso Nacional. O olhar do país, afinal, está voltado para a Esplanada dos Ministérios e a Praça dos Três Poderes.

Anteriormente...

Assim que os guardiões apareceram, na noite anterior, e foram avistados pelos sombras e os demais prepostos dos magos da escuridão, teve início o ataque. Um alarido foi ouvido em meio às fileiras dos espíritos sombrios, que intentavam, a todo custo, subjugar os deputados. Queriam se estabelecer no próprio plenário, e por todos os prédios, a fim de influenciar a decisão.

Um dos principados, Harinam erguera-se repentinamente ao divisar os primeiros guardiões. Estava postado no cimo de uma das torres da sede do Legislativo federal, observando se os inimigos de sua tropa chegariam de fato. Fora incumbido de impedir, a qualquer preço, que os miseráveis representantes do Cordeiro, de seus príncipes e exércitos os privassem das presas eleitas pelo povo, os deputados daquele país. Grupos de espíritos vândalos exploravam os traços mais negativos de muitos parlamentares, infundindo-lhes medo e temor, sobretudo a fim de que não comparecessem ao plenário no dia seguinte. Por outro lado, General chegara, na companhia de Veludo, Sete e Tiriri, cada qual liderando duas guarnições de soldados astrais.

O plano das trevas, que fora modificado mais de uma dezena de vezes, consistia em influenciar os deputados, uma vez que a tentativa anterior falhara, a qual era submetê-los ao controle mental e emocional dos magos por meio de seus comparsas encarnados, que lançaram mão de todo recurso ilícito e execrável a fim de trazê-los para seu lado. O lacaio dos magos deu a ordem para que os seres hediondos descessem pelas paredes do Congresso, adentrassem o Salão Verde e, dali, acessassem o plenário onde se reuniriam, mais tarde, os representantes a quem caberia dar voz ao povo que assomava ao gramado externo ao edifício. Entretanto, em vez de seguirem a orientação dos líderes sombrios — que, covardes e medrosos por natureza, esquivavam-se da exposição no campo de batalha —, resolveram, antes, investir contra os guardiões. Na linha de frente, depararam com os exus, sob o comando de Veludo, que, àquela altura, estava intimamente ligado aos guardiões imortais. Ele fora convocado para sair de São Paulo e tomar parte nos embates em Brasília, em face da organização criminosa que atuava nos dois lados da vida.

Quando os vampiros de energias, os capitães de guerra lançaram-se contra os soldados astrais, o inferno começou. Os homens de Veludo e de General alinharam-se numa formação de guerra e enfrentaram os espíritos da maldade. O líder dos celerados olhava a cidade à sua volta com olhos amarelados, enquanto as hordas da escuridão sob seu mando arrojavam-se contra os praças dos guardiões, os exus e os soldados de General, que combatiam corpo a corpo.

Os braços esqueléticos de Harinam moviam-se à semelhança de tentáculos irrequietos, como se vida própria tivessem. A aura negra da tenebrosa entidade desenhava contornos que lhe conferiam o aspecto de asas de morcego, escancaradamente abertas, grandes e assustadoras. Ele arrastava atrás de si, sobre os ombros esquálidos, uma túnica que, para aqueles de sua laia, simbolizava um tipo de autoridade que lhe fora conferida pelos magos mais antigos, os senhores da escuridão.

O principado da maldade também se jogou na luta encarniçada contra os guardiões.

Kiev e Dimitri aguardaram um momento apenas, a fim de avaliar os passos que a ignóbil entidade daria. Foi assim que a maligna criatura, como um demônio das trevas mais densas, exalou um fôlego, um ar fétido, e logo seguiu, excitada ao extremo, convicta de que tinham condições de enfrentar os poderosos guardiões. A vibração descomunal de baixíssima frequência irradiada pela criatura selvagem pôde ser percebida por todos, e também por Irmina e seus amigos desdobrados, que secundavam com os guardiões.

Com a mão esquelética e coberta de pelos longos e amarelentos, Harinam segurou um instrumento de tortura na mão direita, algo parecido com uma longa adaga, uma espada de aspecto enferrujado e desgastado, resultado de inúmeras batalhas inglórias. A lâmina assobiou no ar ao passar rente a um dos espíritos que era auxiliar de General. Nesse momento, muitos outros seres ferozes entraram na luta, deflagrando a guerra pelo controle do espaço que determinaria o início da derrocada dos poderes malditos da escuridão.

O manto de Harinam era como um turbilhão de energia espessa e fuligem astral, advindas de densas camadas e profundas esferas do submundo. O séquito o seguia contra as hostes do Cordeiro. Imponente e com insolência, subiu mais alto, sobre um equipamento de voo que lhe fora cedido pelos magos, o qual emitia estranha fumaça negra e som estridente, arquejando aqui e ali, quase caindo, enquanto seu condutor denotava grande esforço para se manter sobre ele.

Depois de errar diversos golpes contra os soldados astrais, de elevar sua adaga ao alto e bradar desarrazoado, alternando entre esgares que dificilmente atenuariam a face de horror de uma alma milenarmente comprometida com as leis divinas, resolveu falar, aos berros, aos guardiões superiores, ali representados por Kiev, Semíramis, Astrid e Dimitri, além do numeroso contingente de espíritos que fora conduzido até aquele local sob as ordens expressas de Jamar.

— Soldados do Cordeiro e dos malditos guardiões! — esbravejava enquanto sua voz era ouvida pelos espíritos sombrios que comandava. — Venham até nós, tirem-nos do território se forem realmente tão bons quanto dizem! Que tal trazerem todo o arsenal de guerra, miseráveis sentinelas da justiça? Venham e tragam todo o seu poder de fogo contra mim e os meus! — e revolucionava no ar, no entorno do Congresso. Ele sabia que os guardiões o escutavam e queria se impor com palavras fortes, para encorajar suas tropas e lhes insuflar certa dose de temor, mais do que respeito.

Kiev deu a ordem finalmente. Dimitri ergueu sua espada e emitiu o sinal combinado. Do alto, sem que o ser das profundezas esperasse, apesar da incitação anterior, um exército de guardiões descia da Estrela de Aruanda, impondo respeito a quem quer que pudesse vê-los ou perceber suas vibrações. Semíramis, Irmina e os agentes desdobrados caíram vertiginosamente sobre os espíritos vândalos no interior do prédio, liberando o Salão Verde e o plenário da Câmara, seguidos pelos guardiões, que vieram auxiliá-los.

Ainda assim vociferava o impiedoso principado, mesmo diante da atuação dos guardiões, que enxotavam os asseclas dele — cujo número superava o de emissários da justiça — e tomavam de assalto os redutos ali improvisados pela escuridão:

— Onde está esse seu chefe miserável, chamado Jamar? Onde está o príncipe do seu exército conhecido como Watab? Onde estão os covardes que não os vejo? Quero ver se me enfrentam os infames que dizem representar a justiça! Que este dia sirva para vocês reconhecerem a soberania dos magnânimos senhores da escuridão! Este país e este continente nos pertencem; todos os seus habitantes se curvarão diante de nossa política e do jugo das trevas. Quero ver prosperar nesta ou em outras terras essa tal de mensagem de renovação, este tal Cordeiro de um deus morto pelos próprios seguidores! — urrava a entidade, até encerrar com uma gargalhada. Objetivava aparecer e se exibir, desdenhando da justiça e dos representantes do Cordeiro como forma de demonstrar valentia ante suas fileiras.

Kiev, Dimitri e Astrid estavam juntos. Participavam da batalha e brandiam suas espadas, provocando quase um furacão, que absorvia as vibrações densas exaladas pelas entidades pérfidas. Tão logo a entidade do submundo pronunciou o nome do Cordeiro, Astrid deu um só brado, como se fosse uma guerreira medieval ou, quem sabe, dos tempos idos das amazonas. Descreveu meia-volta no ar, sem nenhum equipamento de voo, mas usando as habilidades de seu pensamento e sua mente adestrada, e caiu em cima do principado das trevas, rodopiando loucamente, levando-o a abandonar o equipamento sobre o qual se sustentava. Os demais espíritos de sua corte tenebrosa saíram em direção ao chefe, crentes de que seriam páreo para Astrid. Deixando-se cair para descer à altura da entidade sombria, o ser abjeto que, agora, gritava de pavor, ela girou sua espada, de modo a causar uma abertura dimensional, uma espécie de buraco negro em miniatura, diretamente sobre uma das torres do Congresso Nacional.

Num só ímpeto, Harinam perdera toda a sua coragem, que se esvaiu como o ar de um balão rasgado, ao sentir-se sugado por uma força desconhecida e descomunal. Viam-se as estrelas pela fenda dimensional criada pelo instrumento de guerra da guardiã. Ele foi transportado diretamente para dentro do compartimento prisional da nave dos guardiões, sem poder fazer absolutamente nada contra o que lhe sucedia.

Astrid respirava fundo, e saiu em velocidade alucinante para ajudar Irmina e Semíramis, que lutavam contra um bando de espíritos vândalos instalados em cima de uma das conchas do Congresso.

Os principais na hierarquia da malta de mercenários da entidade que fora aprisionada se sentiram fracassados. O moral da tropa de obsessores estava em baixa, pois seu comandante perdera de modo vexaminoso para um espírito feminino, uma mulher representante dos guardiões. Quase se entregaram, não fosse o medo que tinham dos magos. Não ignoravam que, caso regressassem como derrotados, seriam subjugados pelos soberanos implacáveis; talvez, submetidos à sua célebre força magnética, perdessem até a forma humana, punição corrente aplicada pelos magos àqueles que falhavam. Precisavam continuar a todo custo, a despeito de notarem que a desvantagem numérica dos guardiões era compensada com folga por mais eficiência e equipamentos mais avançados.

— Esta noite apresento-lhes o poder de Al--Rajar-Helal, o mais experiente comandante dos exércitos dos deuses antigos. Para sempre se lembrarão, oh, guardiões, da férula de quem venceu reinos e submeteu impérios, os quais vergaram sob suas ordens — anunciou, então, o recém-chegado, vestido principescamente se comparado aos espíritos que ali digladiavam.

O reforço era um enviado dos magos, que estavam atentos, de longe, à batalha que se passava no entorno do lugar onde pretendiam ditar as regras. Queriam evitar, a todo custo, que os deputados votassem contra seu regime, personificado nos cúmplices encarnados. Ele trazia mais de 200 espíritos fortemente armados com bastões capazes de emitir raios narcotizantes. Com isso, pretendia deter os guardiões. O contingente de obsessores aumentou repentinamente com a chegada do novo time de seres infernais, que obedeciam cegamente às ordens dos magos negros. Subdividia-se em 21 comandos de força a tropa de entidades malignas.

—Atenção, guardiões! — gritou Dimitri, que lutava ao lado de Kiev, expulsando um grupo numeroso de seres do abismo. — Protejam os amigos desdobrados que nos auxiliam.

Imediatamente, para cada um dos encarnados em desdobramento, dois guardiões se postaram a seu lado. Campos de força foram erguidos em torno dos agentes Irmina, André, Takeo e Herald, exatamente quando um dos espíritos a serviço dos magos disparava sua arma contra Irmina Loyola. O disparo da arma, que do contrário seria narcotizante, fez um *ploc* assim que encostou no campo de forças, dissolvendo-se imediatamente. Irmina, ciente do novo recurso, saiu imediatamente do local e da tutela dos dois guardiões e perseguiu os dois espíritos que tentaram atingi-la. Como um míssil, varava o ar à sua frente, rasgando os fluidos até golpear em cheio os adversários. Semíramis segurou a mão de Irmina no último instante, e esta fez uma pirueta no ar, girando em torno dos dois elementos perigosos. Esse giro formou um remoinho de energias, deixando-os completamente tontos. Foram lançados longe e se espatifaram no solo. Semíramis se encarregou de deixá-los desacordados ao lançar uma intensa carga de magnetismo sobre a nuca de ambos.

O guerreiro que veio substituir o outro, o qual fora sugado pela brecha dimensional, passou ao lado de Kiev com um sorriso zombeteiro. Foi então que, de um momento para outro, uma ventania começou a surgir em meio aos espíritos trevosos no calor da batalha, para libertar o Congresso das garras dos malfeitores e criminosos do astral. Eis que a Estrela de Aruanda rodopiou velozmente sobre o local onde se concentrava a corja de demônios da escuridão, liberando toda a energia acumulada em suas baterias de plasma. A energia, previamente coletada nas manifestações em todo o país, fora diretamente transferida para a célula central da poderosa nave dos guardiões planetários. Um facho de luz cortou a escuridão enquanto Jamar e Watab desciam, em meio ao potente jorro de matéria luminosa que irradiava das baterias. Os dois deram o aviso, o sinal combinado, e todos os guardiões brandiram suas espadas, abrindo brechas espaciais em torno de si ou para onde as apontavam.

As tropas malditas foram nocauteadas pela

intensidade da luz que verteu sobre si, em seguidos, ao mesmo tempo que centenas de guardiões abriam portais ou trilhas energéticas, que acabaram por sugar a totalidade dos espíritos sombrios para dentro de um turbilhão de energias de dimensões superiores. Um silêncio profundo imperou instantaneamente, a partir dali.

Ao longe, os magos negros soltavam urros de horror, de ódio contra as forças da justiça leais ao Cordeiro. Jamar pairava com seus amigos junto ao prédio do Congresso. Logo em seguida ordenou:

— Amigos, podem entrar no plenário. Liberem o ambiente de todo tipo de criação mental infeliz, de vibriões, formas-pensamento e qualquer outro elemento empregado pelos magos para contaminar a mente dos deputados. Queremos tudo limpo até amanhã pela manhã. Queimem tudo com a luz astral, higienizando as instalações, e depois mantenham guarda. Aqui não entrará nenhum espírito enviado dos magos, tampouco os obsessores particulares dos deputados. Amanhã, eles estarão sozinhos ao votar. Assim, qualquer que seja a decisão individual, que seja por própria conta, e não sob o influxo dos egressos das regiões ínferas.

Todos respiraram aliviados, e, durante a noite inteira, ali cooperaram trabalhadores desdobrados, auxiliando na limpeza energética da casa do Legislativo. Pairando acima das torres, Jamar conversava com Watab e Astrid:

— Não temos o direito de deixar a nação sozinha neste momento. Não podemos determinar a opinião e as escolhas de cada um, mas, também, não podemos cruzar os braços e deixar que as trevas imponham seu domínio.

— Sabemos que esta batalha não resolverá a situação no país, mas já é um grande passo.

— Sim, com certeza não resolverá, pois compete ao homem solucionar o problema criado por si mesmo. Aqueles que clamam por ajuda a receberão na medida exata de sua fé e de seu envolvimento. De igual modo, nossa ação não dará cabo dos graves complexos obsessivos que acometem muitos representantes desta casa; quando os parlamentares saírem daqui, após a votação amanhã, os comparsas espirituais reassumirão o posto alinhado ao seu psiquismo. Compete-lhes dar ou não guarida aos pensamentos instilados, pois espírito nenhum coage a pessoa a fazer aquilo que contraria frontalmente sua vontade.

Por todo o Brasil, a população começava a ir às ruas para, no dia seguinte, acompanhar a votação no plenário da Câmara. Porém, os olhos humanos não poderiam ver e ouvir aquilo que se passava além da delicada membrana psíquica que separa as dimensões.

No dia 17, as ruas lotaram-se de pessoas, que expuseram suas preferências e projetaram abertamente suas energias, liberando emoções. Acompanharam com atenção cada lance de um conflito cujas ramificações lhes eram insuspeitas, além de nem sequer imaginarem como estava a seu alcance influir ao se exporem, dando a cara a tapa, em vez de ficarem de braços cruzados, esperando que a realidade os surpreendesse mais tarde.

Em outro local, de repente, junto a Juscelino, Mauá, José do Patrocínio, Tancredo [1910–1985] e demais espíritos que acompanhavam com interesse o destino da nação, apareceram o espírito Bezerra de Menezes [1831–1900] e o chamado bandeirante do espiritismo, Cairbar Schutel [1868–1938], este último, desconhecido da maioria ali presente. Logo em seguida, chegou Eurípedes Barsanulfo [1880–1918]. Todos olharam para as personalidades ilustres, que se colocaram ao lado dos demais. Juscelino foi quem perguntou, espantado com a presença daqueles luminares:

— Bezerra! Você por aqui?

— Ora, meu filho, como eu poderia deixar de vir? Afinal, também fui político em minha última existência física, tal como estes meus amigos aqui — falou, apresentando Cairbar, ex-prefeito da cidade de Matão, SP, e Eurípedes, que fora vereador em sua cidade natal, Sacramento, MG. — Não há como não se envolver, pois quem ama se envolve, e todos sentimo-nos profundamente comprometidos com o destino deste país. Jamais ficaríamos de braços cruzados. Queremos participar também... ou é proibido?

— Não, senhores! É claro que não. Pelo contrário, é uma honra tê-los conosco — respondeu Juscelino, enquanto todos aguardavam as decisões no plenário da Câmara dos Deputados.

Acompanhavam a sessão diretamente do ParlaMundi, local onde se congregavam mais de 800 espíritos interessados no desfecho da história e no drama nacional. Bezerra sentou-se, observando todos, e um sorriso discreto foi percebido em sua face; Eurípedes também sorriu. Todos esperavam, de fato, a resposta humana às ações dos espíritos superiores. Tudo, agora, dependia dos encarnados.

REFERÊNCIAS BIBLIOGRÁFICAS

BARBOSA, Rui. *Obras completas de Rui Barbosa*, v. 41, t. 3, 1914. p. 86. Disponível em: <www.casaruibarbosa.gov.br>. Acesso em 28/4/2016.

BÍBLIA de referência Thompson. Tradução de João Ferreira de Almeida Corrigida e Revisada Fiel. São Paulo: Vida, 1995.

BÍBLIA em ordem cronológica. Nova Versão Internacional. São Paulo: Vida, 2013.

KARDEC, Allan. *A gênese, os milagres e as predições segundo o espiritismo*. Rio de Janeiro: FEB, 2011.

_____. *O livro dos espíritos*. Tradução de Evandro Noleto Bezerra. 2. ed. Rio de Janeiro: FEB, 2011.

_____. *O livro dos espíritos*. Tradução de Guillon Ribeiro. 1. ed. esp. Rio de Janeiro: FEB, 2005.

LINCOLN, Abraham. *The Collected Works of Abraham Lincoln*. Disponível em: <quod.lib.umich.edu/l/lincoln>. Acesso em 28/4/2016.

PINHEIRO, Robson. Pelo espírito Ângelo Inácio. *A marca da besta*. Contagem: Casa dos Espíritos, 2015.

(O reino das sombras, v. 3.)

___. Pelo espírito Ângelo Inácio. *O agênere*. Contagem: Casa dos Espíritos, 2015. (Crônicas da Terra, v. 3.)

___. Pelo espírito Ângelo Inácio. *O fim da escuridão*. Contagem: Casa dos Espíritos, 2012. (Crônicas da Terra, v. 1.)

___. Pelo espírito Ângelo Inácio. *Os guardiões*. Contagem: Casa dos Espíritos, 2013. (Os filhos da luz, v. 2.)

___. Pelo espírito Ângelo Inácio. *Os imortais*. Contagem: Casa dos Espíritos, 2013. (Os filhos da luz, v. 3.)

___. Pelo espírito Estêvão. *Apocalipse*: uma interpretação espírita das profecias. 2. ed. rev. ilustr. Contagem: Casa dos Espíritos, 2005.

SOBRE O AUTOR

ROBSON PINHEIRO é mineiro, filho de Everilda Batista. Em 1989, ela escreve por intermédio de Chico Xavier: "Meu filho, quero continuar meu trabalho através de suas mãos". É autor de mais de 40 livros, quase todos de caráter mediúnico, entre eles *A quadrilha*, *Legião* e *Senhores da Escuridão*, também do espírito Ângelo Inácio. Fundou e dirige a Sociedade Espírita Everilda Batista desde 1992, que integra a Universidade do Espírito de Minas Gerais. Em 2008, tornou-se Cidadão Honorário de Belo Horizonte.

CATÁLOGO | CASA DOS ESPÍRITOS

ROBSON PINHEIRO

PELO ESPÍRITO JÚLIO VERNE
2080 [obra em 2 volumes]

PELO ESPÍRITO ÂNGELO INÁCIO
Encontro com a vida
Crepúsculo dos deuses
O próximo minuto
Os viajores: agentes dos guardiões
Nova ordem mundial
COLEÇÃO SEGREDOS DE ARUANDA
Tambores de Angola
Aruanda
Antes que os tambores toquem
SÉRIE CRÔNICAS DA TERRA
O fim da escuridão
Os nephilins: a origem
O agênere
Os abduzidos
TRILOGIA O REINO DAS SOMBRAS
Legião: um olhar sobre o reino das sombras
Senhores da escuridão
A marca da besta
TRILOGIA OS FILHOS DA LUZ
Cidade dos espíritos
Os guardiões
Os imortais
SÉRIE A POLÍTICA DAS SOMBRAS
O partido: projeto criminoso de poder
A quadrilha: o Foro de São Paulo
O golpe

ORIENTADO PELO ESPÍRITO ÂNGELO INÁCIO
Faz parte do meu show
COLEÇÃO SEGREDOS DE ARUANDA
Corpo fechado (pelo espírito W. Voltz)

PELO ESPÍRITO TERESA DE CALCUTÁ
A força eterna do amor
Pelas ruas de Calcutá

PELO ESPÍRITO FRANKLIM
Canção da esperança

PELO ESPÍRITO PAI JOÃO DE ARUANDA
Sabedoria de preto-velho
Pai João
Negro
Magos negros

PELO ESPÍRITO ALEX ZARTHÚ
Gestação da Terra
Serenidade: uma terapia para a alma
Superando os desafios íntimos
Quietude

PELO ESPÍRITO ESTÊVÃO
Apocalipse: uma interpretação espírita das profecias
Mulheres do Evangelho

PELO ESPÍRITO EVERILDA BATISTA
Sob a luz do luar
Os dois lados do espelho

PELO ESPÍRITO JOSEPH GLEBER
Medicina da alma
Além da matéria
Consciência: em mediunidade, você precisa saber o que está fazendo
A alma da medicina

ORIENTADO PELOS ESPÍRITOS
JOSEPH GLEBER, ANDRÉ LUIZ E JOSÉ GROSSO
Energia: novas dimensões da bioenergética humana

COM LEONARDO MÖLLER
Os espíritos em minha vida: memórias
Desdobramento astral: teoria e prática

CITAÇÕES
100 frases escolhidas por Robson Pinheiro

MARCOS LEÃO PELO ESPÍRITO CALUNGA
Você com você

DENNIS PRAGER
Felicidade é um problema sério

Quem enfrentará o mal
a fim de que a justiça prevaleça?
Os guardiões superiores
estão recrutando agentes.

COLEGIADO DE GUARDIÕES DA HUMANIDADE
por Robson Pinheiro

FUNDADO PELO MÉDIUM, terapeuta e escritor espírita
Robson Pinheiro no ano de 2011, o Colegiado de Guardiões da Humanidade é uma iniciativa do espírito Jamar, guardião planetário.

Com grupos atuantes em mais de 10 países, o Colegiado
é uma instituição sem fins lucrativos, de caráter humanitário e sem vínculo político ou religioso, cujo objetivo
é formar agentes capazes de colaborar com os espíritos
que zelam pela justiça em nível planetário, tendo em
vista a reurbanização extrafísica por que passa a Terra.

Conheça o Colegiado de Guardiões da Humanidade. Se
quer servir mais e melhor à justiça, venha estudar e se
preparar conosco.

PAZ, JUSTIÇA E FRATERNIDADE
www.guardioesdahumanidade.org